猫にご用心

知られざる猫文学の世界

ウィリアム・ボールドウィン 他 著
大久保ゆう 編・訳

soyogo books

猫にご用心　もくじ

〈小説（novel）〉というと、今では文芸でもごく一般的なものになっていて、本と言えばまずこの物語形式を思い出す人も多いかと思います。ところが、西洋文化圏では古来、アートとしては詩のほうが根強かったため、その形式が成立したのはルネサンス以降であり、その意味では比較的新しいものだと言えましょう（そもそもnovelの語源は〈新奇な〉ことを表す言葉でした）。

文学史をある言語で振り返るにあたって、「その言語で最初に書かれた小説はどれか」という問いはたびたび立てられてきましたが、そのためには何よりも〈小説〉を定義することも必要です。問いを掘り下げると、たとえばこのような条件がよく持ち出されるでしょうか。

- 散文で書かれた物語である（詩ではなく、対話篇や芝居の脚本でもない）
- ある程度の長さがある（短く単体で完結する小話や民話ではない）
- 主人公たる個人か物語の主要テーマや展開が存在する（歴史叙述ではない）
- 虚構の物語である（実話ものではなく、評論・宗教書でもない）
- その言語で初めて書かれた作品である（翻訳や翻案ではない）

日本であれば、平安期以降の〈作り物語〉がこうした範疇に収まってきそうですが、英国／イギリスの場合は、少々事情が異なってきます。一大文化運動たるルネサンスの広がりとも関わってくることで、やはりその中心地で用いられていた現地語のイタリア語・スペイン語・フランス語で書かれた作品群がいち早く、英語ではその翻訳が出回ることはあれ、オリジナルの作品はなかなか出てこなかったのです。

そして〈小説〉という文芸形式の源流をたずねる試みが続けられるなか、さまざまな候補が現れましたが、本書ではその説のひとつとして、かつては稀覯書として知る人ぞ知るものであった物語をご紹介いたします。[1]

その作品こそ――魔女迫害が高まる前の一五五三年に書かれ、そのあと〈血まみれメアリ〉の治世を手稿回覧などされながら生き延びて、エリザベス朝の一五七〇年に死後刊行された[2]――ウィリアム・ボールドウィン『猫にご用心』です。日本だと戦国時代にあたる時期に書かれた一種の幻想怪奇小説で、出版時のタイトルは『「猫にご用心」と題する驚異の物語――様々なる驚くべき信じがたい事柄をも含む――読んでまさに愉快痛快』というものでした。

しかしこの『猫にご用心』、薄手のいわゆる英文学史では、まずもって触れられることのない作品です。一九四一年にジョージ・サンプソンが執筆した『ケンブリッジ版イギリス文学史』ではさすがに言及されているものの、まだよく知られていなかったからか、どうにもあやふやな記述でした。[3] この『猫にご用心』が再注目されるようになったのは、ウィリアム・A・リングラーJr.というルネサンス期文芸の研究者が一九七九年に発表した論文「『猫にご用心』と英語によるフィクションの始まり」がきっかけで、[4] ここで〈英語初の小説なのではないか〉と提唱されたあと、これを受けて大物研究者であるジョン・N・キングがその著書でボールドウィンの研究を進め、[5] 最終的にリングラーが遺著として『猫にご用心』の校訂版を残すに至り（一九八八年刊）、今ではいろいろの文学研究書や論文で扱われるようになりました。

一般向け人文書として浩瀚な、別視点からの文学史を目指したスティーヴン・ムーア『小説——もうひとつの歴史』でも、英語で書かれた最初の小説としての栄誉を担っている本作ですが、[6] 内容面では、前書きと後書きに挟まれつつ、本篇が三部構成となっています。冒頭に掲げられるのは、この作品が長年の埋没を経てようやく出版された縁起を述べる（のちの一五八四年版に添えられた）詩です。そして、本作が実話であるかのように見せかける書簡とあらましが筆者本人によって示されたのち、いよいよ語り手ストリーマ氏の物語が始まります。

第一部では、動物にも思考や会話の能力があると語るストリーマ氏が、自分の下宿先だった印刷工房で耳にした、不思議な猫の話をいくつか紹介します。その話のあと下宿では、しゃべる猫について議論が交わされるわけですが、各々の説明に当時のストリーマ氏はどうにも納得できなかった様子。そして第二部に入ると、ストリーマ氏は実際に猫の会話を理解してみんとて、中世の錬金術師の書物をひもとき、秘薬を作ろうとします。その結果、第三部でストリーマ氏はとうとう猫の集会で繰り広げられる会話を盗み聞きし出して……

さて巻末には全体のまとめとして教訓が置かれて締めくくられるのですが、本書ではこの『猫にご用心』の本邦初訳をお届けします。今作の全訳は初でありながら、この第一部で登場人物たちが語る猫の挿話は、のち独立して昔話としても伝わっていて（つまり今作がその原話であり、とりわけ〈猫には九つの命がある〉〈妖猫グリマルキン〉といったファンタジー要素の出典ともされているのですが）、そのため断片的な抄訳が存在しています。[7]しかしながら、本作の面白いところは、むしろその続きとして、見聞きしたまことしやかな噂話を題材に人々が世の不思議や迷信・怪奇について議論し始めるくだりでもあり、さらにはそこから発展する独自の物語なのですから、今回ようやくその部分を日本語で初めてお送りできるというわけです。

今回の翻訳では、先に触れた校訂版のペーパーバック本を底本に用いつつ、[8]語釈については普及版アンソロジーやホールデン編の註も参考にしました。[9]本来、元の書籍には欄外に数多くの原註が施されていて（古典でいう頭註の類）、これがたびたび本篇へのツッコミにもなっていて愉快なので、日本印刷のＷＥＢ雑誌『soyogo』[10]で連載した「知られざる物語――小説の源流をたずねて」では媒体の都合上省略したその部分も、本書では再現に努めました。

そしてボーナストラックとして、『猫にご用心』にまつわる派生作品についてもたっぷり収録しています。今作でも登場する〈猫の王様〉にはさまざまな伝承や昔話がありますが、そのなかから代表的なものを拾い、さらにはその猫の王様グリマルキン（グリマルカン）が活躍する創作童話についても初訳いたしました。

気ままな猫たちが文学に遊ぶところをお楽しみいただけると幸いです。

［註］

1　ヴィクトリア朝時代の一八五一年以降に、ハーバート・F・ホアなる学者が「情報求む」としていくつかの学術誌に古書探求の告知を出しましたが、何年間も空振りに終わったあと、やがて稀覯書オークションのカタログなどを頼りに情報が寄せられ、尚古関係の機関誌（たとえば一八五九年のアイルランド歴史尚古協会誌や一八六〇年のチータム協会の古典籍書誌）にも抜粋が掲載され始め、少しずつ実在や内容がわかってきたという経緯があります。翻刻としては、一八六四年にやや不十分な本文のものが尚古家のジェイムズ・ハリウェル＝フィリップスによって一〇部限定で刷られており、そのほか一九六三年にこれもまた編集の甘い限定版がウィリアム・P・ホールデンによって制作されています。

2　古い書誌には、初版が一五六一年だと記されていることもありますが、実物が確認されていないこともあり、後述の研究者リングラーJr.およびキングともども、その説を採用していませんでした。ただし、近年トルーディ・コーによって、少なくとも印刷されたのは間違いないだろうという指摘が傍証とともに出されています。一方で、冒頭の題詩からしばらく日の目を見なかったことは事実だろうと思われるため、印刷はされたがまともに流通しなかった可能性も否めません。詳しくは、Trudy Ko, "Backdating the First Edition of William Baldwin's *Beware the Cat* Nine Years", *Notes and Queries*, 56 (2009): 33-34.

3　George Sampson, *The Concise Cambridge History of English Literature*, Cambridge UP, 1941. 邦訳として、一九六五年の補筆版が研究社から平井正穂訳で刊行されています。

4　William A. Ringler, Jr., "*Beware the Cat* and the Beginnings of English Fiction", *NOVEL: A Forum on Fiction*, 12, 2 (1979): 113-26.

5　John N. King, *English Reformation Literature: The Tudor Origins of the Protestant Tradition*, Princeton UP, 1982.

6　Steven Moore, *The Novel: an Alternative History, Beginnings to 1600*, pbk. ed., Bloomsbury, 2011.

7　第一部の前半部の抄訳が、ジョン・リチャード・スティーブンス『人間を幸せにする猫の童話集』(池田雅之[訳]、草思社文庫、二〇一八[親本刊行は一九九九年])に収録されています。そのほか、『イギリス民話集』(河野一郎[編訳]、岩波文庫、一九九一)にも、昔話「猫の王様」として後代のヴァリアントが採録されています。

8　William A. Ringler, Jr. & Michael Flachmann [eds.], *Beware the Cat: The First English Novel*, pbk. ed., Huntington Library, 1995.

9　Marie Loughlin, Sandra Bell & Patricia Brace [eds.], *The Broadview Anthology of Sixteenth-Century Poetry and Prose*, Broadview Press, 2011. およびWilliam P. Holden [ed.], *Beware the Cat and The Funerals of King Edward the Sixth by William Baldwin*, Connecticut College, 1963. なお付録2『猫にご用心』と称する書物への手短な応答」の底本は、この後者ホールデン版およびVictor E. Neuburg, *Popular Literature: A History and Guide*, Penguin, 1977, p.21.

10　URLは、https://soyogobooks.jp/

猫にご用心

――一五五三年

ウィリアム・ボールドウィン

T・K（トマス・ネル）から読者へ［一五八四年］

このささやかな本『猫にご用心』
　実に面白い出来でありますが
世に知られぬままでして、そのわけは
　追放の憂き目に遭っていたゆえ

追放の所以（ゆえん）とは、おそらく当初
　この作品が、数々の奸計（かんけい）や命令で
支えられていた教皇派の戯言（たわごと）の
　徒（あだ）なる愚かしさを見せつけていたからか

あの当時、喜んで追従する
　連中も出た教皇派の戯言でしたが、
それをかさに、誠実な民をそれこそ大勢、

連中はひどくいたぶったのです
いたぶる？　いかにも悪意あり、
そのなか猫が語り始めたのです、
愚かで頭のおかしく残忍な
　教皇派僧侶らについての冗談を

残忍？　いかにも、ものの道理を
　明らかにしたところで通りません、
だからこそ愉快痛快にこの作り話は
　やつらの徳こそ残忍だと暴くのです

徳？　それどころか、あれほど
　たくさんの不徳がなされるとは、
あの当時、このお話が公にされていれば
　みなを笑わせもしていたでしょうに

今なら笑える？　いやむしろ泣けますよ、
　あの戯言が今でも通用していたなら、
ありとあらゆる人にとっての本当の徳が
　今でも目の前でいたぶられていたなら

いたぶられる？　まさに破壊でしたよ、
　それでは確かめてみましょうか、
だからこそ今、かつてと同じように
　「猫にご用心」と申しましょう

猫が実に楽しげに教えてくれましょう
　目下たくまれている数々の悪巧みを、
笑わせてもくれましょう、もう愉快で
　こらえきれなくなるくらいに

こらえきれない？　そうですとも、胸が
悲しみで苦しくなってしまいますから、
そうですとも、それこそ気づいたら
ありとある無法が世にあるものですから

気づいたら？　この今でも、猫が暴露して
くれたなら大喜びできること、ございますね？
さればこそ、愉快痛快に申しましょう、
「猫にご用心」とあいつらに

ではさらば

書簡謹呈
「愛し生きよ」
尊敬すべき善良なる郷士ジョン・ヤングに
恩寵と健康を

わたくしは貴殿の楽しみのため筆を執り、先のクリスマスにストリーマ氏が話したあの物語を、貴殿がフェラーズ氏自身から喜んで聞き及びになったはずのあの物語を、ひとつ文章に致しました。本人の手際ほどには楽しく書きも話せもしないわが身ではありますが、話した順序も言葉もほとんどそのまま用いましたので（ただ伝えるだけに褒められたところは少しもございませんが）、きっとフェラーズ氏もウィロット氏もお読みになればストリーマ氏の話した通りだと納得されるでしょうし、語った当人も同じことをすれば、自分がしゃべっているのか読んでいるのかわからなくなることでしょう。氏の語りを三部に分けまして、前置きとしてあらましを、後書きとして教訓を添えた上で、書籍らしくなるように本文へそれらしい註も付しまして、そして『猫にご用心』という題も与えました。

とはいえ、他人が自分の牝犢（めうし）をもて耕すようなことを、ストリーマ氏がお認めになるか定かでないところもありますので（つまり、自分の話したことを他人が書くとなれば、当然のこととして自ら書いて両方の名誉を自分で得たいと思うこともあるでしょうから)、そこでこの点、本人の胸中をご確認願えないでしょうか、そして本人がそのまま進めることに同意されたなら、印刷前のご校閲と、わたくしの書き損じがどこかにあればそのご訂正も頼んでくださらないでしょうか。また同じくフェラーズ氏にもこの点の判断をご依頼願えませんか、それから氏にストリーマ氏がアラビア語から訳してくれた『大疫病の治療法』も(マーゲィトから届きましたので)都合つき次第印刷に入る予定だとお知らせください。

そして貴殿のご尽力によって、ストリーマ氏がこうしたわたくしの試みをお認めになるとわかったあかつきには、こののちは、プラトンがソクラテスに行ったのと同じように、われらのクリスマスのやりとりを全部ありのままに書き出すことで、本人の大いなる名誉とし、この種の知識を求める人みなに余すところのない楽しみを与えたく存じます。同時に貴殿におかれましては、わたくしの善き意思をどうか受け止めていただけますよう、そして「猫にご用心」と胸に留めていただけますようお願いします。では、わが求めに応じてくださるのみならず、いつもご加護を下賜なさる全能の神をもお喜ばせくださいますよう。アーメン。

神のしもべたる
G・B[ウィリアム・ボールドウィン]

あらまし

　たまたま先のクリスマス、宮廷にて国王陛下の娯楽係の主事たるフェラーズ氏とご一緒することになったが、それは当時われわれが王の気晴らしのために練り上げて稽古中であった幕間喜劇（まくあいきげき）の準備のためだった。その折は、ほかにもみないろいろとやることがあったので、夜になるといつも自分たちの投宿先で、各々そのとき受け持っていたお役目を深めるためにも、さまざまなことどもを語らいあったものだった。そのためになるならと、フェラーズ氏は快くわたしをその寝床に入れてくれたし、またその自室に簡易的な寝床として藁布団を敷いて、お付きの占星術師ウィロット氏と同じく神学者のストリーマ氏も泊めたのであった。ほかにもいろいろとやることが長引いてその日は稽古もできないまま、たまさかある夜（確か十二月二十八日のことだったか）、フェラーズ氏も宮廷からすでに帰宅していて就寝したあとのこと、隣のウィロット氏も眠りについてしまったストリーマ氏と、まだ寝床に入ったばかりのわたしとのあいだで、ひとつの議論が持ち上がった。そのお題は、鳥や獣（けもの）は理性を持つや否やということだ。

　その背景は次のようなことである。わたし自身、王の一座がイソップの烏（からす）の話の芝居を稽古しているところを耳にしたことがあるが、そこでは役者の大半が鳥の役で、その趣向に自分は納得できなかったので、しゃべれないものに話をさせたり、獣のようなものに理性的な会話をさせたりするのは、喜劇としても成り立たないと申し立てたのだった。お話の範囲だからこそ、（心の広いイソップがあっぱれにも行っているように）自分の勝手で動物にしゃべらせたり理性的なことをさせたりして、何かの想像や物語とするのも我慢できるが、生きた人間がそやつらになりきって、しゃべらせたりふるまわせたり考えさせたりした上で、原作者がやっていることなのだからと言い訳するのは、作り手としても前例がなく見苦しいことである、というのがわたしの意見だった。わが主（あるじ）お付きの神学者でもあるストリーマ氏は、この点ではわたしの思う以上に聖職者らしい考えであるので、反対の立場をとって、獣や鳥類にも理性があること、しかも人間と同等であり、またある点では人以上なのだという主張をした。

　フェラーズ氏当人と占星術師も、われらふたりの会話のせいで目を覚ましてしまい、耳を傾けるのだが、どちらに肩入れするわけでもなかった。そしてそのとき、ストリーマ氏がその主張の根拠としていろいろのことを持ち出したもので（綱渡りする象（ぞう）のことや天気がいつも先読みできる鼠（ねずみ）、一晩中野外で鵞鳥（がちょう）や羊を狩ったあとでも朝には帰ってきてしっかり首輪をはめている狐（きつね）に犬、その飼い主の死を悼む鸚鵡（おうむ）、燕薬草（クサノオウ）で雛の目を洗う燕（つばめ）、そのほか百を超えたが）、わたしのほうは、いずれも理性に由来するものではなく単なる自然な生来の行動であると退け、こちら側の根拠として権威と学識ある学者たちの意見を引き合いに出した。

「ううむ」とストリーマ氏は言った。「こちらは自分の理解に自信があるのだ。つまりは、学者なぞの伝聞で仕入れた知識を話しているだけではなくて、自分で確かめたことなのだからな」

「えっ」と思わずわたしは言った。「獣や鳥に理性があると自分で確かめただって？」

「ああ」と応じる氏。「やつらが言葉を口にして、理性のある会話をするところをじかに耳にして、今きみの話を聞いてわかるみたいに、こっちにもわかったのだよ」

これには、フェラーズ氏も声をあげて笑った。ところが、アルベルトゥスの著作で読んだいろいろのことを思い出したわたしは、今の自分の知識を超えた何かがあるのかもしれないと考えた。そこで、その実際に耳にしたという鳥獣とは何か、どこでいつのことだったのかと相手に訊ねた。これには氏もしばしためらったが、ついに口を開いた。「きみたちにこちらの話を聞く気があって、話し終わるまでちゃちゃを入れずに、こちらの語ることにただ耳を傾けてくれるというのなら、自分の体験談をひとつ語って聞かせよう。きっと驚くばかりか、この件については疑問もなくなるはずだ。だが言っておくが、これは事前の約束だぞ、誰かがしびれを切らして話を遮ったりしたら、そこで切り上げて、あとはもう一言も口にしないからな」一同が黙って聞くことを誓うと、氏はみなに聞きやすいよう寝返りを打ってから、次のように語るのだった。

友人宅に寝起きしていたときのこと（たびたびあることでありがたい限りだが）、そこは屋外がぱっとしない代わりに屋内がゆったりとしたところで、聖(セント)マーティンズ横町の奥に建っていて、オールダーズゲィトと呼ばれる市壁の上に一部張り出すかたちになっている（名の由来としては、オールドリッチなる人物ないし古人(エルダーズ)の門(ゲイト)ということで、つまりは昔の市壁(シティ)内住人が自分たちで建てたということ――主教(ビショップ)がビショップスゲィトを建てたようなものだ。あるいは樹齢(エルダーン)のある木が由来で、ひょっとすると今でこそあたりは公園だがかつては木ばかりが茂っていた何もない共有地にあとから門を建ててエルダーンゲィトと呼んだようなものか――ムーアゲィトが、かつては荒野(ムーア)があって今なく名前にだけ残っているように。または市壁でいちばん古い門だからほかとの比較で、ニューゲィトのようにエルダーゲィトと呼ばれているのかも。いやラドゲィトが伝説のラッド王が建てたことからその名にちなむように――そら今にも紋章院でもアルレドゥスが

オールダーズゲィトの名の由縁(ゆえん)

主教が建てしビショップスゲィト

ムーアゲィトの由縁

ニューゲィトの由縁

ラドゲィトの由縁

建てたなどと認めるのが大勢（たいせい）となるのかもしれないが、人はオルゲイ夫妻がオールドゲィトを建てたことにその名はちなむとか騙されるわけで、それはポール教会の風見鶏を盗んだ身障者（クリップル）が生前それを据えてくれとせがんでいたから死後建てられた市門クリップルゲィトの由来になったという伝説のようなものでもある）。ともかくこの市門オールダーズゲィトの名のいわれが何であれ（そもそも歴史家が長年知りたがっていることではあるが）、そこに友人宅があり、さきほども言ったように、隣接しているため家屋が上に突き出すかたちになっていて、わたしもいろいろの理由からその家に泊まっているわけだが、ほかに宿を借りられるところがなかった折もあれば、自作のギリシア語教本が印刷中で、修正が本当に反映されているか確かめるために泊まり込んだこともあった。まったく、あらゆる青年男子にとってもはや多言語に学がないのは恥であろうが、世は今やああいう状況にあるのだし、もしラテン語が少しばかりぺらぺらな上に、打球板（ラケット）も一組の骰子球（サイコロだま）も扱えるのなら、その男子は街いちばんの賢者よりもいち早く聖職録を手に入れるはずだとも。それがために、学識は高めるほどに見下げられて、くだらないものとされたわけだが。

オールドゲィト由縁

ポール教会の風見鶏は銀細工

クリップルゲィト由縁

青年男子の怠慢への非難

非合法な賭け事への非難

さて、さきほど述べたお宅でさきほど述べた理由から寝起きしていたのだが、泊まっていた部屋というのが印刷工房のすぐそばで、工房には庭向きに張り出し窓が開いていて、その先の地面は、付近に建っている聖アンズ教会の頂点とほぼ同じぐらいの高台になっていた。印刷工房の反対側の奥は、入っていくと横手の通用口があって、その先の段を二三上ると門楼の鉛板葺きの屋根に出られるし、そこには時折、四ツ裂き刑に処された死体が、ぞっとするおぞましい光景だが、晒し棒に懸け立てられてあるのだ。これをおぞましいとあえて言うのは、自然の摂理に反するのみならず、聖書にも反するからだ。そもそも天主がモーゼを介してお命じになったことだが、首をくくられた者ないし死刑になった者は日の落ちたあとには埋葬されてしかるべきで、明くる日の太陽がそれを目の当たりにしたなら主の怒りが向けられ、死体から疫病がもたらされるから厳禁なのであり、同じことがほかの国でもあれば、やはり同様の罪となる。いったい人というものはどこからそんな入れ知恵をされるのか、そんなことをしても悪魔を喜ばす餌になるだけではないかと、個人的にも不思議である。きっと人の生き血を主食にするとかいうミサンスローピやモロキトゥスといった悪霊ど

天主は忌み嫌うものに疫病みを下す

悪霊どもの主食は人の生き血

もが、（人が殺され捧げられるという）生け贄の文化が絶えたあとも、異教徒の残忍な暴君の頭に入り込んで、キリスト教徒の罪人を滅多切りと茹で殺しにさせた上で、その四肢をそいつらに喰わせるため晒させるのである。だからこそあらゆる人に忠告したい、刑死体はすべて土葬か火葬をすべきであって、（わたしがよく目にしてしまうように）さきほど述べた鉛葺き屋根の上でおぞましい贄にして大鴉ましてや悪魔の餌にするようなことは控えなさいと――そこに毎晩たくさんの猫が集まってきて、騒ぎ立てるものだからもう眠れやしない。

ストリーマ氏による
ありがたい宗教上の助言

そういうわけで、ちょうど同じ屋根の下の人たちと炉辺を囲んでいるときに、一同に話したのだ。どたばた物音やにゃあにゃあ鳴き声で前夜の十時から翌一時まで猫たちがうるさく、そのせいで眠れもしなければ勉強もできなかったと。するとこれがきっかけとなって、わたしたちのあいだで猫についての雑談が始まった。そのうち、わたしが今言っているように（とはいえそのときは反対だったのだが）、猫に知性があると言い出した人たちがあって、その証拠として使用人のひとりがこのような話を語り出した。

場合によっては賢者も
意見を変える論点あり

「うちの郷里の話なんですがね」とその男は言った。「ある人が（この人はスタッフォードシアの生まれなんですが）若い猫を一匹飼っていまして、仔猫から育て上げたもんですから、いつも夜通しその猫と戯れたり遊んでたりしていたんですよ。そいつが所用でカノックの森を馬にまたがって通り抜けていると、ある猫が、藪（やぶ）から目の前に飛び出してきて、気のせいなのか、自分の名前を二度三度呼んだのです。ところが当人は何も答えず物も言わなかったので（なにぶん怖くてできませんよ）、それで猫は次のようなことを二度三度はっきり声にしたのです。『どうかティットン・タットンへ、あなたの飼っている猫ちゃん（プス・ザイ・キャットン）へよろしく伝えてくれ。グリマルキンは死んだと』そう言い終わると猫は立ち去ったので、男も所用のために前へ進みました。そうして帰宅後、晩になって炉辺で妻と家族とで腰を下ろしながら、森であったそのめずらしい出来事の話をしました。猫の伝言をすべて口に出しきりますと、飼っていた猫がその話に聞き耳を立てていましてね、そいつを悲しげにながめながら、とうとう言ったんですよ。『なに、グリマルキンが死んだとな？　さらばご機嫌よう、奥様』そう言うなり猫は出て行って、そのあともう姿を見せなかったそうです」

　この話が終わると、一同のなかの別の（アイルランドにいたという）者

カノックの森で人に声をかける一匹の猫

驚くべき猫の知性

が、その男に話したことが起こったのはいつだったのかと訊ねた。その返事としては、はっきりとはわからないものの、それでも見積もったところでは四十年は経っていないとのこと。というのも、男の母が、伝言を送られた猫の飼い主だった当の男女を知っているからだ。「なるほど」と訊ねた男が言った。「では確かにそうかもしれませんな。いえなに、同じころの話として、聞いたところでは、似たようなことがアイルランドでもあったそうで、自分の見立てが間違っていなければ、そこであなたのおっしゃるグリマルキンが殺されたのですよ」

アイルランドにて殺さるグリマルキン

「そうなんですか」とわたしは言った。「どうかどういうことなのかぜひ」

「お話ししましょう、ストリーマさん」とその男が言った。「これはアイルランドで聞いた話で、今まであまり信じていなかったので口にするのもお恥ずかしいのですが。しかし今の話を聞いて自分の体験を思い出しまして、あのときのあれは確か、きっとまだ誰にも話していないし、みなさんも初耳だと思うのですが、似たようなことがございましてな。自分がまだアイルランドにおりました時分、マクマローとその荒くれ臣下の一党が王に謀反を起こしまして、折しもフリッツハリス軍とティンタン修道院長補

実体験こそ絶対確実な説得材料

王の家臣同士の内戦

アイルランド人による戦のやり口

率いる修道会とのあいだに命がけの戦(いくさ)もあったころで、この者たちは王の友であり家臣でありますが、その付近にいたのが当時朝敵(ちょうてき)であった荒くれアイルランド人のひとりカヒア・マッカートで、こやつはたびたびウェックスフォード県を襲撃してはその街々を燃やし、立ち寄っては一帯の牛をまるごとさらってしまうやつでして、そのやり口のためにクロンマインズからロスに至るまでの全土が荒れ果てた不毛の地となり、今日に至るまでほとんど回復しておりません。この当時、まあちょうど自分は、フィッツハリスの下人(げにん)のひとりと、ある夜の宴(うたげ)で一緒になりましてな、(今し方やっているように)たまたま妙な体験談、しかも猫の話になったんです。そこで、ほかにもいろいろございましたが、その下人(と土地の者は百姓や農夫をみなそう呼ぶのですが)、彼が今からする話を教えてくれたのです。

下人の話

まだ七年も経っていない話ですが、バントリーの荒野にあるジョン・バトラーの屋敷付きの軽装兵に、パトリック・アポアという者があって、主人の敵であるカヒア・マッカート相手に夜討ちをかけてやろうと、小姓(と土地の者は老いた下男でさえなければ馬番をみなそう呼ぶのですが)、そやつと連れだって相手の土地へと入り、夜闇に乗じて家屋二軒きりの集落に忍び込んで、押し入ったあと住民を皆殺しにし、それから見つけた家畜、牛一頭と羊一頭を奪って、引き連れながらまた家路についたのです。ところが追跡を恐れていましたから（それらしく野犬もけたたましく吠えておったので）、男はある教会に入りまして、真夜中を越すまでそこに潜もうと考えました。つまり、そこには自分を疑ったり探ったりする輩はいないと思ったのですな――荒くれアイルランド人もかつては教会を信じて奉じておったのです（今や教会は逆の存在なのだとわれらがわからせてしまいましたが）、それだけに、自分たちもそこから何も奪わず、たとえ父親殺しであったとしても、教会内を聖域とする者を傷つけることはなく、そんなことは思いも寄らぬことでした。

かくしてこの兵士が教会内にいたところ、腹ごしらえにはちょうどいい頃合いだと思い至りまして、なにぶんその日はほとんど何も口にしていなかったものですからな。そういうわけで、小姓に薪を集めに行かせて、自分は燧石で火おこしし、教会内で火を焚きながら羊を殺して、そのあとアイルランド流の下ごしらえをして肉を炙りました。さて支度も終わって食

かつてアイルランドの町だったところ

アイルランドの野犬は耳障りに吠える

荒くれアイルランド人も宗教を敬う点では我々よりまし

昔ながらのアイルランド食文化では夜が正餐

べようと思ったとき、そこへ猫一匹が入ってきて、男のそばに座り、アイルランド語で言ったのです、『ゼヒニクヲ（シャーン・フォール）』と。これは『何か肉をくれ』ということで。それに驚いた男が、手にあったものを四つに割って一切れやると、猫はたちまち平らげまして、もっとくれとねだられているうち、とうとう羊一頭食い尽くされてしまいました。すると、それでも物足りないと貪欲な鵜（う）のように、まだもっとくれとせがむのです。そうなると、その猫は悪魔ではないかと思えてきまして、だからこそ相手を喜ばすのが吉だと考えたので、盗んでいた牛を殺して皮を剥いで、その四分の一切れを猫にやりますと、たちまち猫はむさぼり食います。そのあと猫にもう二切れやって、そのあいだに郷里の調理法に従って、牛皮を一枚切り出した上で火の周りに挿した四本の杭にぐっさりと引っかけ、その中で自分たち用に牛の肉切れをゆでて、皮の残りはめいめいで、粗革靴にも似た足に付けられる袋に仕立てたわけですが、そうしておくと明日一日足を痛めずに済みますし、もし何も得られなくても次の夜に木炭で炙れば肉代わりにもなりますからな。

　このときまでにその猫は三切れ分、食べきっておりまして、もっとだと

招かれざる図々しい来客

羊一頭食べ尽くす猫

森の軽装兵らしい調理法

肉の足りぬときには靴を炙って食う軽装兵

求めました。そうなると猫にゆがいていたものまでやるわけなんですが、それを食い終わった末には自分たちまで食われるのではないかと危ぶみました。これ以上やれるものはないですからな。ですので、やつらは教会から出て、兵士は乗ってきた馬にまたがって、急げるだけ急いで走らせました。教会から数哩(マイル)のところで月影が差し始めましたから、そこで小姓が振り向くと主人の馬に追いすがってくる猫が見つかりましたので、主人に声をかけました。そこにきて兵士は投げ槍を手にしまして、振り向きざまに猫に投げつけますと、命中して猫が貫かれた次第。ところがその途端、そこへ集まってきたのが猫の群れでして、そいつらとの長い闘いの末、小姓は殺されて食べ尽くされてしまいましたが、兵士当人は持ち馬が駿馬(しゅんめ)であったおかげで、何とかして逃げられました。

帰宅して馬具を脱ぐと(これは襯衣(シャツ)のような作りをした鎖帷子(くさりかたびら)の半甲冑(コースレット)で、頭部は豚革で覆われ頭頂には川獺(かわうそ)の毛皮がついておるものです)、さてもうへとへとはらぺこで兵士が妻のそばに腰を下ろしたわけで、その日のめずらしい体験を彼女に話し出すのですが、当時その妻が飼っていた仔猫が、まだ生後半年もないというのに、その話を耳にしてさっと跳び上が

グリマルキンを殺す兵士

猫の群れが人を殺してむさぼる

軽装兵の鎧(よろい)

って言うのです。『お前がグリマルキンを殺したのか！』そしてたちまち男の顔に躍りかかって、その歯で喉にかみつきまして、引きはがされるよりも早く、男を絞め殺してしまいました。このようなことを下人が話してくれたのが、今から三十三年ほど前の冬のことです。そしてその出来事があってから、彼やそのほかいろいろの信用できる人たちから聞いたところによりますと、確かに当時でまだ七年も経っていないとのことでした。そういうわけでこのグリマルキンこそ、カノックの森の猫が伝えた知らせに出てくる、つい今し方の話で聞いた猫だと推し量るのです」

「ふん」とそばに座っていた別の者が言った。「お前さんの当て推量には、論理の飛躍がありますよ。猫たちに理性があって、独自の言葉で互いに意思疎通できることを認めるにしても、そもそもどうやってカノックの森の猫が、アイルランドであったことを知れると言うのですか」

「どうやって？」と彼は言った。「われわれだって、フランスやフランドルやスペインくんだりであったこと、それこそ世界中のほとんどであったことも知っているじゃありませんか。猫を乗せていない船なんてめったにないわけですし、そこから事の知らせがあちこちの仲間に伝えられるので

グリマルキン殺害犯たる兵士を仔猫が討つ

まさかの推量

各国も全世界の出来事を知っている

事の知らせを伝える猫

す」

「ふむ」と相手が言った。「だがどうして、どの猫もグリマルキンの名を気にするのかね？　しかも、どうやったらグリマルキンはお前さんの話のように肉をたらふく食える？　それから、なぜどの猫もその死の仇を取ろうとする？」

「いやはや、それをみなつまびらかにするのは、手前の知識を超えております」と彼は言った。「とはいえ、部分的にはこんな推測も立つかと存じます。おそらく、グリマルキンとその血統はかなり尊ばれていて、猫のうちでも総じて位が高いのです。丸花蜂（まるはなばち）の巣にも、しもべの蜂と主の蜂がいて、その命令で蜂総員が言うことを聞く代わりに、その援助と保護を求め、さらには敵の攻撃に全員で報復をする、それと同じですよ。あるいは、以前は教皇が全キリスト教国に同じことをしており、その大義のもとで僧侶がよってたかって、いったん反教皇の考えを持つと見えた者なら誰に対しても、引っ掻き噛みつくばかりか、殺したり焼いて消し炭にしたりと（わけもわからないながらに）行っていたのと同様ですよ――まあ教皇は、あらゆる点を考慮しましても、グリマルキンの最期の食事以上に、毎食貪欲

主を愛し従う丸花蜂

猫以上に残酷な教皇派僧侶

教皇は大濫費家（だいらんぴか）

にむさぼったわけですが」

「いやあ」とそこで口を出したのがわたしで。「確かに教皇は、課税だなんだとくだらぬことを言って、大いに暴利をむさぼっていた人たち全員からさらにむさぼったわけなんですが、（その本人だけを見れば）そのむさぼりも浪費もほかのやつら以上というわけではなかったんですよ、まあ多少は華美で贅沢で、規模が大きめのところはあったかもしれませんが。そういえばちょうどいいお言葉が、国王ヘンリ七世にありましたね。その臣下が報告の際に、修道院長の食卓には大量の肉があり、まさしく大食の罪であると告げ口をした。すると王が、院長本人がすべて平らげたのかと聞いたので、臣下は否ほとんどは客人が食べた、と答えた。『ふむ』と王いわく、『では汝ら恩知らずの大男どもを喰わせてやる気前のよさをもって、それを大食と称するのか』と。この男と同じ言い分によれば、誰だって悪党になります。たとえば、市壁内（シティ）の尊敬すべき正直者たちは、日頃誰かにごちそうしたり金を貸したりするわけですが、それでいったい何が返ってくると思います？（「肥だめ下郎」「寝取られ卑人」といった）忌まわしく不名誉なあだ名や、公共の福祉を腐敗させる高利貸しなどという名折れと

十分持てる者は些少（さしょう）で満足できる

持てる者に対するよくあるひがみ

ヘンリ七世の見識

なる恨みがましい評判ですよ。一部の輩は確かにそうなのですが、おぞましいのは、本当ならよい評判を得てしかるべき人品が、物を知らぬ連中に告げ口されることもあるらしいことです。さてところで本題に戻りますと、（あなたがおっしゃる）グリマルキンとやらがそこまで大型でないのなら、いかにしてそれほど大量の肉を一度に食べ切れたものかと、なるほど不思議に思います」

「思うに」とその話をした当人が口を開いた。「猫は（全部くれとは言ったが）食べきったわけでなく、えり好みをした上で残りは取っておいたのではないかと。ほら、たくさん餌をやるとそういうこともあるでしょう。たとえば狼（おおかみ）は、穴兎（あなうさぎ）よりも小食なのに、朝食のために牛を一頭や二頭殺すわけです——貪欲な獣ならさもあらん。話は戻りますが、同類を救い出したいという愛情・友情・熱意が猫にもあるということは、個人的な経験から知っています。なんでも、知人をある人が雇って、その労にはシリング銀貨二十枚を約束するからと、気晴らしに猫を生きたままあぶらせたことがありまして。そこで早速、桶屋に頼んで、大きな樽のなかに入れさせてもらい、「回し車のターンスピット犬よろしく」なかで走って、生きた猫

感謝されず
嫌われることもありがち

貪欲な者は必要以上に殺す

同類は同類を愛す

を縛った焼き串をぐるぐると回しました。ところがそう長く回さないうちに、焦げた猫の毛のにおいによるものなのか、それとも仲間を呼ぶ声のせいなのかはわかりませんが、なんとおおぜいの猫がそこへやってきまして、自分を含め屈強な男どもが（頑張るさなかかなり引っかかれはしましたが）相当に踏ん張らなければ、帯金（おびがね）のしっかりはまった大樽とはいえ、従兄弟の身を猫の群れから守れはしなかったでしょうな」

「なるほど」そう言ったのは、学識豊かで一座のなかでも格別の見識がある人物だった。「どうやら猫においても、そのほかあらゆる獣に同じく、何らかの理性と言葉があり、それでもって互いの意思疎通をしておるようだ。しかしながらさきほどの話、グリマルキンとやらは猫というよりも鬼婆や魔女の類いに思えるが。なにしろ魔女はよく猫に姿を変えるという――それがために、広く信じられたあのことわざも生まれておる、『猫には九つの命がある』とな（つまるところ魔女は猫の姿を九度借りられる）」

「私見ながら、先生、それは妙に思えます」と言ったのはわたし自身だ。「魔女が猫の姿を借りるだなんて。ものの本によれば、口寄（くちよせ）の婦（おんな）は自らの魂を用いて、死者の肉体を借りるとありまして、またいわゆる悪霊（デーモン）なる実体の

生きたまま炙られる猫

仲間思いの猫たち

この人物は「リチャード・シェリー」氏と思われる

魔女は他の存在の姿を借ることあり

実体のない霊だからこそ死者の肉体を借る

ない霊（類例に男夢魔（インキュバス）や女夢魔（サキュバス）、妖精ロビン・グッドフェロー、鉱夫連中がテルキネスと呼ぶ魔物がおりますが）、そやつらは好きなときにほかの存在の体に乗り移れるといいます。とはいえ女が、しかも体も大きな人間が、その体をぎゅっと縮こめて、猫の体に入る（ないしはその姿形に変身する）というのは、寡聞にして存じませんし、どういう仕組みでできるのかも得心いかないところがあります。ですのでむしろ個人的には、（正直なところ）信じがたいのです」

「ふむ、ストリーマ殿」と先方は言った。「あなたほどの人ならば、この件、謙遜なさるほど無知でもありますまい。それにしても、普段から韜晦（とうかい）なさっているのは、身に染みついた癖ですかな。『賢者はなるほど知恵を隠す（サピエンス・エニム・ケーラト・スキエンティアム）』、これはソクラテスにもよく表れておる。いや存じておりますぞ、あなたは多言語（主としてカルデア語・アラビア語・エジプト語）に長（た）けておいでで、その語の著作もたくさんお読みであるから、むろんこの件についてもお詳しいはずでしょう。しかしながらただいまお話しの、女の体が猫の体内に入る術（すべ）については、ニコデモすなわち頑迷な教皇派の詭弁と同じ弊に陥っておりますまいか。再び母の胎に入るとか、キリストを天から引っ張

賢者はその知識を隠す

諸言語にたいへん堪能なストリーマ氏

り出してひとかけらのパンに押し込むとかの（いやはやそういう物言いは時として不埒であり、また時として邪でありますから、恐縮ながら今回はあなたを同類扱いいたしますぞ）。つまるところ、魔女が猫の体へ乗り移る、ないし自分や他者の姿形を変化させるといっても、これは自身の肉体をその中へ押し込むということではなく、その魂を一時的に自らの肉体から出してほかのもののなかへと入れる、あるいは見る者に目くらましや幻覚を見せつけているわけである。たとえば、馬の脳髄と土硫黄で蝋燭をこしらえたなら、その蝋燭の明かりの力で、頭という頭がみな馬の頭に見えてくるのだが、それは実際に頭の形が変化しているのではなく、正しい目の認識が惑わされておるわけだ（すなわち邪悪な光を通したがために、似た形であると錯覚させられておる）」

　そこへ、かつてアイルランドにいたあの男が口を挟む。「先生、いかなる手立てで魔女が別の似姿になったり姿形を変じたりするのかはわかりかねますが、どうもそういうことをしたのではないかという話を、いろいろと見聞きしたことがございます。そもそもアイルランドでは、かつてのイングランドと同様、魔女は畏怖されておりました。知恵が深うございます

化体説支持者は
キリストの人性を否む

魔女の変化術

一種の魔術は五感を
惑わすもの

畏怖される魔女

ので、思いのまま好きなときにモノのかたちを変じえて、それで人を惑わすとかで、とうとうアイルランドでは何人（なんぴと）も赤毛の猪（いのしし）を買ってはならぬというお触れが出ました。そのいわれは、こういう次第です。魔女たちはよく市場に赤毛の猪をそれこそ何頭も出しておって、見たところ姿形もよく肥えておるのですが、これは元が何であれそう見せかけるわけで、その姿形がしばらく続くようなのです。ところがたまたまその飼い主が、そいつらを水場に連れて行ったところ、はっと気づけば、猪がみな、乾し草や藁や腐った枯れ枝のかたまりなどという、がらくたみたいなものに戻っておる。こういうやり口で、飼い主は銭を失ったり、物々交換に出した牛なぞを損したりしたわけです。

赤毛猪の購入禁止令

妖術師は乾し草などのがらくたで猪をこしらえる

　またアイルランドにはある一族がありまして、その一族では七年終わるごとに、ある一組の男女が狼に変身してしまい、そのまま森のなかで七年過ごすというのです。そしてその期間を運よく生き延びられたなら、元の姿形に戻って、また別のふたりが同じ期間、同様の姿へと変化（へんげ）いたします――（当の本人たちによれば）これは先祖の不品行のために聖パトリックからその家系に課せられた苦難だとのことで。これが実際にあることだと

狼に変身した人間

聖パトリックの呪

証言する男もおりまして、自分がアイルランドを離れた頃はまだ存命で、この七年の苦行をやり遂げたというのですが、奥さんのほうが狼時代の最後の年に殺されてしまったとか。この者がおおぜいに言っておりましたよ、狼になっているあいだ自分はみなの牛を震え上がらせ、みなに襲いかかったこともあると。そのはっきりした証として、この者には他人につけられた痣（あざ）があるのですが、これは狼になる前の人の姿のときも、その後の狼の姿形のときも、やはりその肌にありまして、そのことはみなに周知でありましたから（しかも、そのことを確証し記録に留めていた司祭も聞き手のうちにおりましたから）、この件は偶然にしてはできすぎと言えましょう。

それから、魔女のために姿を変えられてたびたび市場までの荷馬にされたという隠者もおりますが、聖アウグスティヌスがお記しですから、きっとご存じでしょうな。しかし今になっても、魔女がこの猪をこしらえた術（すべ）や、これらの人々の姿形を変化させた術（じゅつ）について、人の視覚を惑わす効き目の膏薬を用いたとしても、水が薬を洗い流したから効き目が消えたのか、水の効き目が薬の力に勝って（作用を打ち破って）たからなのか、そのあたりは定かではございませんし、デーモンと呼ばれる悪霊が魔法の力で肉体

七年狼であったという経験者の男

聖パトリックの呪を認める司祭

妖術師による猪作りの術

デーモンとは偽りの肉体に入りし魂

を乗り換えており、化けているという恥が暴かれると出て行く、これが本当なのかも自信がありません。それに、狼の変身については、ゲハジの一族におけるナアマンの皮膚病のごとき奇跡のわざなのでしょうか、それとも恥ずべき奸佞邪知（かんねいじゃち）の妖術のためなのでしょうか。まあ一方の案に確証が出なければ、もう一方の仕掛けを見定める手がかりも見つかることでしょう。なにぶん魔女とは生来きわめて邪悪なもので、たとえばこの狼一族がたまさかある魔女の不興を買って、その魔女から死の床で使命を託されたその娘が、その場で知恵を授かり（つまりそのときまで魔女は明らかにせずここにきて長女で最愛の娘にだけ伝えたわけで）、そして娘が七年経つごとに、七年効き目の続く（解除不可の）人の目には狼の姿形に見えるようにする膏薬をこしらえる。そして夜闇に乗じて牝馬の姿か何か夜にふさわしい姿になって、その薬をその憎き血族の男女の身体に塗り込む。娘の人生が終わると、またその娘にその掟が引き継がれ、自分のあとも延々と同じことがその娘へ託されるようにすれば、この掟はその知恵とともに代々ずっと伝わり、この魔女の子孫によって引き続き守られて、それがためにその血族のうちふたりが（先の見立てのように）七年ごとに狼になる

魔女は生来邪悪

魔女が知恵を授ける時と相手

人を狼に変える術

魔女術は口伝の奥義と結びついた一子相伝

という」

このような話を聞いた上に、話し手自身がその出来事を理屈立ててゆくのを耳にしたので、「ああトマス」と言葉をかけた（それが彼の名前で、のちにニューゲイトでもらった病気で亡くなったのだが、首つり刑のあとにも魂があると囚人に期待を持たせようとしたため、魔術信仰のかどでそこに長く収容されていたのだ）。「古いことわざが正しいと今ようやくわかりましたよ、『餌をみな平らげるのは鳴かない牝豚だ』と。普段は何も知らないふりをするものだから、他人（ひと）からはただのバカだと思われるきみだけれども、この短い話のなかで、理に適った知識から証拠を述べるものだから、こんなことは（わたしか、この上ない学識を有する数少ない人たち以外には）誰もできないと思いましたよ」

「お気に召しましたか、ストリーマさん」と相手は言った。「ただ自分としては、自分の見聞きしたことを話しただけで、そこからは自分のような当て推量、誰にでもできましょう」

「まったく見事にお話しでしたよ」と言ったのは、この話のきっかけを作った男だ。「その見立てもたいへん筋が通っています。なるほど（おっし

害病が多数発生中のニューゲイト

最高の学識者は最大の自慢屋ならず

人は自分の見たものを明言してよい

ゃるような）塗り薬を使えばアイルランドの魔女は猪や狼の姿を人の目に見せられるわけですから、おそらくイングランドの魔女もアイルランドの魔女も、似たような力で自分を猫に変えたりできて、実際そうしているのかもしれません。いやね、大学にいたころオックスフォードの信頼できる学者から聞いた話ですが、なんでも彼が幼い時分、ある老女が教会裁判所に引っ立てられて、魔女だと告発されましてね、猫の姿で付近の家に立ち入り、そこから好き勝手に盗みを働いたのだとか。この申し立ては、やはり女の肌につけられた痣のために正しいと認められまして、その告発者は（女に燃え木を投げつけていて）、そのため猫の姿で盗みをしていたときの怪我の痕が残っていたのです。さて、言い出した当の本人が締めくくるとしますれば、おそらくグリマルキンとおっしゃるその猫、名前のなかに自分の見立てを確かめる勘所があると思うのです（そもそもマルキンとは女の名ですし、ことわざにも『マルキンのほかにも乙女はおおぜいいる』と言いますし）。つまり思うに、そいつは猫の姿を借りた魔女なのでしょう。しかもその女には知恵と悪知恵があって、かたや本物の猫の方はそこまで賢くないわけですから、女とその一族のことを仲間内で敬うようになり、

猫の姿でいたところを
見とがめられ
罰せられた女
魔女は悪事のためにしか
その術を使わない

グリマルキンは
魔女だったのかも

キリスト者と同じく猫も
だまされる

なおかつ自分たちと同じただの猫だと思い込んでいる——これはわれらが愚かなばかりに長年、あの狡猾老獪なぺてんにはまって教皇を敬い、ただの人間（でありながら自分たち以上に聖なる人）であると思い込んでいたのと同じことで、それどころか実はあいつは人間に化けた悪魔だったわけですが、ならば同じようにグリマルキンも人に化けた魔女ですよ」

「では先生、どうして本物の猫に知性があり、お互いに理解し合っているという話になるのでしょう？」と私は言った。「まだ疑問がおありか、ストリーマ殿」と返答があった。「知覚のある生きもので、理性と知性を持たぬたぐいはおらぬ。そのおかげで、同類同士でそれぞれ互いに理解しており、そうした行いに目立ったところも見受けられるから、それについて考えを深めたピュタゴラスが（ご存じの通り）、死後、人の魂は獣へと移り、獣の魂は人に移り、前世の肉体における報いによって各人があると、考え信じるに至ったわけなのだ。むろん彼の意見はばかげた誤りであるが、そこに至らしめた前提は明らかに正しい——それこそがさまざまな獣にある知性と理性であり、またさまざまな人の愚かで野蛮な獣じみた無知なのである。

知覚ある全造物に理性と知性が備わる

魂に関するピュタゴラスの説

人間以上に賢い獣もあり

しかし獣がお互いを理解し、鳥類もまた同じだという点は、日々の体験として実際に目の当たりにすることからわかるだけでなく、アレクサンドリア主教の物語が記録としてこれを証明しておる。つまり手立てを見つけたのだ。辛抱強く観察するか、または感知力を高める自然の魔術を用いるか、辛口の酒とその毒気で脳髄を純化させるか、別の自然薬で脳髄の知覚力を増大させるかすれば、いかなる生きものの話し声も理解できるとな。なんでも、友人とともに屋内で宴を囲んでおるなか、雀（すずめ）にじっと聞き耳を立てていた彼は、飛んできた一羽が家屋周囲にいるほかの雀にちゅっちゅとさえずっているので、ひとりにこやかにそれを聞いておったという。一座のひとりがなぜ微笑んだのか知りたがると、彼はこう言うた。『雀の話にね。なんでも聞いたところ、ここから四分の一哩とない大通りで、ちょうどそのとき小麦が一袋、馬の背から落ちて破れて、中身が全部散らばったというので、そこへみんなして赴いてひとつ宴にしようと誘っていたのだよ』これをいぶかしんだ客人が、本当か確かめに人をやると、なるほど言った通りだとわかった次第だ」

この話が終わると、ちょうど時計が九つを打ったので、そこで自分の下

生物全種の声がわかるある主教

脳髄は知性の器官

仲間を宴に招く雀

宿の遠かったトマス老人はいとまごいをして立ち去った。一座の残りも仕事に出たり寝室に下がったりした。そしてわたしといえば、まっすぐ自室へ向かい（そのあと思い返しながら）、そのとき勉強していた本を手に取るのだが、さきほどのあの話がやはり思い出されて気になるので、ほかには何も考えられず、そのまま疑問点について思いをめぐらせた、つまりは全員の発言をもっと仔細に検討し直したのだよ。

いつも勉学に励んでいる
ストリーマ氏

ストリーマ氏の語り　第二部

　こう考えをめぐらせて幾ばくもしないうちに、ここまでのあらゆる話の大元である前夜鳴き騒いだあの猫たちが、またもや先だって触れた四ツ裂き死体の晒(さら)されたままの鉛葺き屋根に集っていたのだ。そして昨晩の様子と同じく、何かの節で歌う猫が一匹、また別の節のがもう一匹いたのだが、さながら野外舞台に上がって王の御前で歌い上げるわが主(あるじ)お付きの聖歌隊のようだった。猫たちの歌は音楽として和音になっておらず、四度・五度・八度どの完全音程からも外れていた。とはいえ、われながら半信半疑のところがあって、それというのも、闘犬が目の前に解き放たれた熊(くま)のごとくうなる猫一匹の歌い出しは、朗々とした低音域のようでもあり、それに対して、幼子の泣き叫ぶがごとき別の猫の声は、最高音域の裏声にも思えるので、いっそ二部構成の和声とも感じられなくない。だからこそ、猫の集会の議題をもっとよく知ってみたい、実際の身振りを目にしてその意味合いの片はしなりとも理解したい、という気持ちになったわたしは、こ

鉛葺き屋根に集う猫たち

いろいろの声がある猫たち

あらゆることを理解したいという著者の熱意

っそりその鉛葺き屋根に続く窓のある部屋に忍び込んで、闇に紛れてひそかに窓格子ごしからその身ぶり振るまいをのぞけるだけのぞき見することにした。

それはもう諸君、見物（みもの）だったよ、その物腰といい挨拶（あいさつ）といい、そう、猫のあいだの序列といい、具体的にわかるのだからね。それにある一匹ときたら、図体もでかく強そうな灰毛の猫で、ひげは剛毛、切れ長の目を二個の星のごとく光り輝かしながら、中央に腰を下ろして、そのかたわらには別のが座って控えている。それから大きいのの前にもう三匹の立ち姿があって、うち一匹が絶えずミャアミャアいうのだが、その合間あいまに大猫の低い鳴き声が挟まるわけだ。流れとしては大猫が鳴き終わると、そのたびにミャアミャア猫の番になって、まず首を伸ばすのだが、いわばこれは着席している猫たちに向けての敬礼だな。しかも猫のミャアミャアのさなかにも、結構な頻度でいきなり他の猫が逐一大げさに鳴き真似をしてはたちまち静まりかえるのだが、これはつまり、耳にした猫の発言をどうも冷やかしているらしい。こういう調子で十時から十二時まで見物（けんぶつ）を続けたのだが、そのとき、階下の台所の器なのか、それともすぐそばの印刷工房の

猫は集団内の序列を守る

猫はその首と尻尾で敬礼する

ここでの著者のひたむきさに注目

板なのか定かではないが、何かが落ちて大きな物音を立てたので、猫がいっせいに家屋沿いにぴょんぴょんと去っていってしまった。そこでわたしは、目を覚ました誰かが落下物の確認に来てはいけないと、ここに自分がいることがばれて、落としたのはお前かと責められてはたまらないので、すばやく身を自室に滑り込ませたのだが、気づけばまだ灯の火が消えていなかったから、寝台に身を預けながら、あの猫たちの行動について想像たくましく、その振るまいひとつひとつを取り上げてどういう意味合いがあるのかと推し量りつつ、猫たちの言わんとしていたことを理解しようとした。

　まもなく悟ったのは、中央に座していた灰毛の猫こそお頭（かしら）だということで、そのほか全員の判者人（はんじゃにん）として構えているわけだ。それから延々ミャアミャアいっていた猫も、何か大事なことを報告しているか、何かしらについてお頭に弁明しているのだろう。そういう次第で、たちまち心奪われたわたしは、猫たちの会話の中身が気になるあまり夜っぴいて眠れず、いかなる手段を講ずれば理解可能になるものかと、横になりながら考えに考えた。やがて頭に浮かんだのが、かつて読んだアルベルトゥス・マグヌスの

良質の家事用蝋燭は
火の保ちがよい

本気の欲求は眠気も
払いのける

さまざまな驚異を
伝えている
アルベルトゥス・マグヌス

著作に確か鳥の声が理解可能となる手立てのくだりがあったことで、そこでほかのこともとりあえずひたすらに、自分の書斎から『各種動物の効用について他』という題の小著を引っ張り出して、むさぼるように読み耽った。そうして「もし鳥の声を理解する力が云々」の一文に行き当たったとき、ああどれほど嬉しかったことか。薬の説明文をぬかりなく書き留めたわたしは、そこに記されたあらゆる性質と効力、さらにその仕組みと作用をも考え合わせた上で、同様の効用効能を持つ他の項目や追記の部分を参考にしながら、自分の目的にかなう霊薬の作り方を自力で編み出してみたわけだ。

哲学者は万物の本性を探る

するうち、休むことを知らぬ太陽神（ポイボス）が靄（もや）立ちこめる海面から姿を現し、海女神（テティス）の汗ばむ胸に一晩中うずめていた黄金に輝く光芒（こうぼう）を振り乱しながら、その銀の汗を地母神（ヘーラー）のかさついた膝に落としつつも、うるわしの曙光（アウローラ）に赫灼（かくしゃく）たる唇で口づけするとともに、彼女から間男の明星（ルーキフェル）を引きはがしたあと、全欧（エウローペー）を見下ろせる高みにまで昇るわけだが、そうしてマイルエンドの尖塔ほどの高さから陽の光が窓硝子（まどガラス）ごしに、寝床に横たわるわたしをうかがってくるころには、もうこちらもすばやく起き上がって戸外に出て、取組

太陽復活の描写

中の重大案件に役立ちそうな色々のものを探しに行くこととした。

　ここにいる諸君はわが友であるから、何も包み隠さずに、わが秘薬を作り飲むまでの自身の行動を逐一語ることにしよう。アルベルトゥスいわく、「もし汝（なんじ）、鳥獣の声聴かんと思わば、二名徒党を組み、聖シモンならびに聖ユダの日［現行暦十月二十八日・旧暦十一月五日］の早旦、猟犬と連れ立ちて両名とある森へ入り、遇（あ）いたる初めの獣（けもの）を捕（とら）まえて、狐（きつね）の心の臓とともに調合せよ、さすれば汝の願いは叶えられん。かつ汝が口づけせし何人（なんびと）も、同じく可聴ならん」。

　とはいえ、かの著作のこのくだりは不審なところもあり、「とある聖林（クォッダム・ネムス）」つまりとある森という言い方が気になるばかりか、昨今（まだ何年と経たぬころに）狩りのさなか、悪霊のためか自身の妄想のためかは定かではないが、恐怖のあまり髪を逆立てて帰宅した三人組の男があるというし、そのうちには以後も具合を悪くした者や同じゅうした猟犬もあるというではないか。しかも聖ユダ当日までまだそれなりの日があるようなので、そういう理由からわたしは所定の狩りをしないことにした。代わりに、捕まえるべき獣は針鼠（はりねずみ）だと見当をつけ（その時分よく戸外にいる生

友人には隠し事なしのほうがいい

鳥の言葉の理解術

実際に確かめようとしてその知性のために恐怖することになった人と犬

惑星の影響を受ける獣の一種であるから針鼠は魔術に有効

きものだな）、理屈の上からその肉はそもそも自然本来の熱がこもっているものだと知っていたから――だからこそ食す主たる部分をこしらえるためには、大半を取り除かねばならないし、脳髄を濾すことが必須で（ちなみにその効用で血の質がよくなり痛風や腓返りにも大いに効く）――外へ出て、この二日のあいだにちょうど針鼠を見かけていた聖ジョンズ森林の方へと向かった。するとだ、幸運不運まとめて出くわしたよ！　出向く途上で狩人連中とはち合わせたのだが、今朝狩ったばかりの狐一匹と野兎三羽をぶら下げていた連中は、（ありがたいことに）こちらに野兎一羽と（皮を剥いだ）狐まるまる一匹、おまけに革鞭をしたたかに六発くださったのだ。つまるところ、（そのとき悪気はなかったのだが）今朝どこかで針鼠を見かけなかったかと訊ねてしまった報いだな。

　まあここで、話が長くなるのでなければ、異教迷信を奉じて古い風習をあくまで守る愚かな狩人連中について、みなに所見でも述べたいところではある。そもそも（わたしからすれば）やつらは教皇派も同然だ、まさか真っ当な言葉遣いをした咎で、実直善良な人間を罰するとは。猿も梟も郭公も熊も針鼠も、みな天主の正真の造物ではないのか？　ならばなにゆえ、

痛風の薬

狩人たちの施し

迷信深い狩人連中は教皇派も同然

あらゆる造物は真正

その名を呼ぶことが掟破りだというのか？　口にすると狩猟運を逃してしまうというなら、連中はそもそもから運のない不信心な偶像崇拝の邪教徒なのであり、天主の御心を本気で信じてはいないのだ。連中の迷信に満ちた心持ちの呪わしいことよ、連中の誤った信仰の責を、わが臀部が被る羽目になろうとは。

　ともあれ、連中がくれた狐と野兎がありがたいのは確かだった。あとは、腰帯からつないだ二匹の猟犬を連れて狩りに出かけたところ、果たして、木の虚の根元付近の土の穴ぽこに山査子が生い茂っており、その手前にある野林檎の入った籠のところで、［山査子豚たる］針鼠が一匹見つかったから、早速わたしは手持ちの小刀を構え、「シャボル・スワッシュメス、ゴルゴナ・イイスクッド」と唱えながら殺生し、そしてそれまでの獣肉と一緒に腰帯から吊して、脇目も振らず家路についた。ところが通称聖ジョンズ草地とも言うイズリントン近辺の囲い地にまでやってくると、一羽の鳶がおそらく腹を空かせてか、わが背にあった皮なし狐に目を付けてねらいを定め、一口に食べてしまおうと襲ってきたのだが、勢いあまって爪のひとつが獣肉に深々刺さりすぎてしまった。そこで抜けない先からわたし

時と日と言葉が不信心に
ならぬように心がけよ

探ぬる者こそ
見いだしうる

アルベルトゥスいわく
人いかなる薬を
用意する時であれ
作業の謂われを
大声で言うならば
その効力高まるべし

は小刀を取り出して、「ジャボル・シェレグ・フトセカ・イイスクッド」と唱えながらその鳥を殺生し、まんまと馳走（ちそう）用としてまとめて家へと持ち帰ったのだ。

　帰宅したわたしが荷を手から下ろそうとしたところ、ちょうど（先よりご存じの）トマスが猫を手土産に来訪したのだが、これが悪戯（いたずら）猫であったために二日前から仕掛けられていた罠に今朝引っかかったとのことで、皮は剝がれていたものの、ぶくぶくとよく肥えていたので、わたしは痛風の薬作りに入り用だと（だまくらかして）獣脂とはらわたと頭部を頂戴した。その後は残った部位を湯通ししておいて、夜には良質の香草の詰めものをして炙（あぶ）り焼きにし、あまさず食べきってしまったというから、食せるほどにはいい肉だったらしい。

　ともあれここからがご注目だ。さて、その猫の肉を持ってトマスが立ち去るや、ひとりになるため自室の戸を閉めたわたしは、捕まえた針鼠の皮を剝ぎにかかったのだが、かえすがえすニコラス博士か誰か専門の医師が解剖学の奥深い知識を解説してくれていればと思ったものだ。肉をきれいに洗って大鍋に入れ、白葡萄酒のほか、メリソフィロス別名メリッサ（通

いい偶然は続々来たる

猫の獣脂は痛風に効く

炙られて食された猫

孤高の男は神か獣のいずれかなり

称山薄荷）、迷迭香、畜牛の舌を加えて、前者を四、後者を二の割合で煮出し汁をこしらえ、火にかけて沸騰させたのち、蒸留器を用意し、その口の端に硝子容器を当ててそこから蒸留された液体を受けたのだが、その蒸発で手に入ったのは、葡萄酒用の大瓶にして四分ノ一だった。それから、ちょうどそのころ夏至あたりであったし、絶妙な効果を得るためには調合の作業を惑星の支配する時間と合わせるのが道理であるから、わたしは正餐前の十時までじっと待ったのだが、つまりはその時刻こそ水星がその運を司る支配星となるためだ。

　時が来てわたしが準備したのは、猫の肝臓と腎臓と脾臓をひとつずつ、その心臓をまるまるひとつ、さらに狐の心臓と肺、野兎の脳髄、鳶の餌袋、針鼠の腎臓である。これらを乳鉢のなかで小さくなるまで一緒に砕きつぶし、そのあと生地状に練り上げ、熱した石の上で麺麭ほど堅くなるまで焼き上げた。そして焼き上げのあいだに用意したのが、猫の獣脂を七、同じだけのその脳髄、猫鬚を五本（黒毛三本に灰毛二本）、さらに狐の獣脂を三、同じ割合の脳髄、左足の肉球全部、同じだけの針鼠の獣脂と脳髄、その睾丸、鳶の脳髄まるごととその骨髄全部、心臓の汁、上嘴、左足の中爪、

前者の数は均等、
後者は不均等――猫

あらゆる作業は
都合のよい惑星のときに
なされよ
――ゾロアスター

一切合切まったく悪事なり
――トリスメギストス

神は奇数を喜ぶ

右の美点は左の美点に
対してまったく
有害でさえある

それから野兎の腎臓脂肪、右肩の骨汁である。一時間かけてこれら全部を乳鉢のなかで擂(す)りつぶしたあと、広げた布の上に載せてそのまま盥(たらい)に引っかけ陽に曝(さら)しておくと、四時間もしないうちに良質の澄んだ油が同じく大(い)瓶(ち)四分ノ一(パイント)ほど滴(したた)り落ちてくるわけだ。

そのあとに揃えるのが、これまでの全動物の胆嚢(たんのう)と鳶の足先で、同様の工程を進めて、やはり滴る液体を集めた。さて十二時、太陽がその惑星系の支配を始める刻限になり、わたしは正餐へと向かった。とはいえ、口にした肉といえば、ゆでた針鼠だけだった。麺麭代わりも、先述の焼いた生地だ。飲み物にしても、針鼠から煮出した汁の蒸留水だったが、味も香りもきわめてきつく好ましいものだった。

たっぷり食事を摂ったのちは、頭がずんずんと重くなっていくので、あらがえずに眠り落ちてしまった。そのうち目覚めたわけだが、一時間足らずのことだった。すると自分の鼻と口が、これまで見たことのないくらい黄白く脱色していて、人体の一部とは思えないほどになっていた。瓶にためたあの代物が効いてきて、鼻水や涙や唾液の類も出なくなり、頭と全身がひどく火照(ほて)ってきたあげく、この二十年で思い出しもしなかった千々(ちぢ)の

太陽の熱(カロル・ソーリス・エスト・イグニス・)こそ錬金術の(アリクィミスティケ・)蒸留の火なり(ディスティッラーティオーニス)

ストリーマ氏はその惑星の刻限について占星術師と意見を異とす

知性を高める食事

頭に人知れぬ体液がさまざまある者も多い

事々があざやかに頭に浮かんでくるのだが、まるでつい先刻あったこと、見聞きしたことかのようだった。そこではっと気づいたのが、自分の脳が（とりわけ記憶の座であるうなじが）驚くほど冴々（さえざえ）となったことだ。おのれの想像力も冴えるあまり、たちまちありうべき条理が見えてきて、自分が取り組んでいたあらゆることの効果も仕組みも原因も、そしてまた理屈についてもわかったのだ。

記憶力は首筋の器官にあり

よい哲学者

　ひと眠りのあとはせわしなく、狐と鳶の余った屠体（とたい）はその臓物と、そのほかの生物のあらとをまとめて捨てたが、あえて残しておいたのが舌と耳で、これがこれから必要となってくる。わたしが行った調合は次の通りだ。まずは耳をすべて手にとって、湯通しをして毛を抜く。次に乳鉢に入れて押しつぶし、水気のない半固形にできたなら、そこに芸香（うんこう）と茴香（ういきょう）、当帰（とうき）をひとつかみずつ加えて、あらためて擂りつぶす。そのあと全体を二等分してから、小さな枕状の袋をふたつこしらえて、そのなかにできたものを詰めてゆく。そうして乾（かん）を支配する土星の刻限がやってきたなら、その枕状のものを良質の阿利襪油（オリーヴ）で熱し、ほかほかの状態で自分の耳にひとつずつ耳栓として詰めて、夜の九時までそのままにすると、自分の感覚力をばっ

睡眠後の活動は有効

熱いものは頭を冴えさせる

耳痛用の良薬

ちりと癒やしてくれるわけだ。とはいえ、脳硬膜とつながる薄膜のところも心像を伝える穴と管がぎゅうぎゅうになれば詰まるものである以上、知性を司る脳髄の知覚細胞の部分もやはり鈍感ですぐに伝わるものでないとわかっていたから、うがいで喉を通すように、こうして燻(いぶ)すことで促進できないかと目論んだわけで、それでわずかに高まるだけでも驚くべきことなのだ。さらに取ったのが猫と狐と鳶の舌で、これを葡萄酒に入れてほとんどどろどろになるまで煮込んだ。そのあとは葡萄酒から取り出して、乳鉢に入れ、そこへほやほやの猫の糞を一㕥(オンス)加えて、同量の芥子種(からしだね)と大蒜(にんにく)と胡椒(こしょう)と一緒につぶしながら混ぜたあと、そこから菱形と環形の錠剤をこしらえた。

夜の六時、太陽がまた支配星となる時刻が来ると、わたしは正餐で余った肉の残りを夕食とした。やがて二時間後、水星の支配する刻限となったので、自分で蒸留したあの液体を一口分飲み干し、先だって述べた葡萄酒と油を頭からかぶり、そして胆嚢からできた液体で目をそそいだ。腎臓から排出された体液も脊椎を通って頭のなかに入ってこないようだったので、ここで粉末状の酸漿(ほおずき)を一㕥(オンス)つまんだが、これは同じ当てで二日前に薬種商

心像の伝達を妨げるもの

健康によいもの必ずしも美味ならず

水星(メルクリウス)は繊細な作業をみな促進してくれる

不便の解消こそ知恵の一大要点

から購（あがな）っておいたもので、それをうなじから上背にかけて塗り擦り、例の耳栓もあらためて揚焼鍋（フライパン）で熱してから耳に戻し、頭まわりに頭巾も結んでから、菱形と環形の錠剤を箱に詰めて、それを手に使用人たちの輪に入っていった。そのなかに目ざとい少年がいて、ゆくゆくは絞首刑にでもなりそうなやんちゃ者なのだが、そいつがぜひともと箱の中身を知りたがった。そこでこちらも、相手に押し切られたふりをして、おだてるつもりで「未来視の薬」だと称し、ひと粒含んだものは誰でも自然の驚異を悟るのみならずその予言さえも可能になると言い切ってやった。そうするとこの少年は並々ならぬほど熱烈にひと粒おくれとねだるものだから、根負けしてしぶしぶというていでおねだりに応じてみると、相手は菱形の錠剤を取って口に入れ、早速かみ砕いた。その結果、むわっとしたものが頭に立ち上ってきたからか、少年は口からぺっぺっとして、つばを吐きながら、「まさか、こりゃ猫のうんこだ」と言い出した。これには一座もたちまち笑ったので、わたしも同じく笑い、少年の言うとおりだと認めた上で、お前はまさしく予言者だなと請け合った。

　ところが、少年の想像力はあふれ出ないようなので、わたしも自分の口

熱は外用薬の効果を高める

邪な者は邪険に扱われてしかるべき

見慣れぬものは輝いて見えるもの

いたずらがうまくいくと人は嬉しそうに笑うもの

に錠剤を含んで、舌の下に挟んでみた。表向きは、害はないのだと示す行動だった。こうした気晴らしの続くなか、ふとなにやら叫ぶ大声が聞こえた気がした。「アイゼグリムなにがし、アイゼグリムなにがし」そう耳にしたので、アイゼグリムとは誰の名だと周囲に訊ね、誰かがそいつを呼んでいるぞと話した。しかし一同はそのような名の者は知らないし、呼ぶ声も聞こえないという。「何も？」と、（わたしにはまだ聞こえていたから）そう言った。「誰の声も聞こえない？　こんな大声で叫ぶとは何やつだ！」「いや聞こえるのは猫の鳴き声だけだ」と一同は口を揃える。「鉛葺き屋根の上でミャアミャアとな」

確かに猫がいると目で確認したわたしは、とうとう猫の言ったことがわかったのだと気づいて、人として当然のことだが嬉しかった。そして、まっすぐ寝床へ向かうふりをして中座すると、わたしは自室に入った（そもそも九時過ぎになっていた）。やがて冷（れい）を司る土星の支配する刻限になっていたので、寝間着を身につけたわたしは、ひそかに前夜猫たちをながめたあの場所へと向かった。そして腰を下ろしたところからは、ちょうどうまく鉛屋根の上の何もかもを見聞きしおおせる。そこではまだ例の猫がア

物事がうまくいくと人は嬉しくなるもの

土星は冷の古惑星

イゼグリムを呼び叫んでいたので、わたしは環形の錠剤ふたつを鼻の穴に詰め、菱形の錠剤ふたつを口に入れて、ひとつを舌の上、もうひとつを舌の下に挟んだ。今度は木星が支配星になったので、左の靴を脱ぎ、足下には狐の尾を敷いた。もっとよく聞こえるようにと、両耳に入れていた耳栓も取り外した。そうして以後は、なるべく集中して聞き耳を立てながら目を向けた。

薬の用法用量には大事なこつあり

しかし正直な話、耳の薄膜、いわば鼓膜というやつは耳穴の奥底にあって、そこからいくつもある細い血管を伝って感覚器官に音を届けているわけだが、それが耳栓内のくすりのおかげで実に冴々かさかさになっている、いや少なくとも乾いてくれたために、空気のかすかな揺れも、いわゆる声という生物の息づかいから生じるものであれ、はたまた雑音と呼ぶ無生物の動き（たとえば風・水・木・車輪・落石など）であれ、何でもが澄み切った膜の反響のせいで、わたしの頭のなかでぐわんぐわんがなり立てるものとなって、あげくにあらゆる音がまとまって、めちゃくちゃですさまじいものになってしまって、おかげでいったいどれが何なのか聞き分けがまったく無理になったのだ。ただひとつ天球の動きが奏でる和音だけは、ほ

聴力の素因

声と雑音のちがい

天の和音は何にも勝る

かのどれよりも音が際立っていたから、黄道帯が他の何よりも高いところにあってあらゆる生物をしのいでいる通り、やはりその音の喜びも音の高さもはるかなものだった。このうちいちばんの低音は、その大きな周期の点から土星の動きによるものなのだが、それに比べれば、鳥のいちばんの高音域や、どこまでも平板な風の吹く音、そのほか混じって聞こえてくる管風琴（パイプオルガン）にしても、まだ低音域にしか思えないくらいだった。とはいえ確かに獣の声に対しても高音域であるし、それに対して川のせせらぎは中音部の要（かなめ）を受け持つものともなる。海のあぶくや瀑布や渦巻きは、立派な重低音である。そして雲の流れやぶつかり合い、その降下も奥深い和声となる。

　この大混乱を耳に受け止めながらも、声と雑音とを聞き分けようと懸命に努力したが、チョーサーのいう「名声の館」でさえかくあるまいというごたまぜしか聞こえてこなかった。別段わたしの周囲一〇〇哩（マイル）四方で何があったというわけでもない（そもそも遮蔽物があるからそこからぎりぎりの範囲の空気しか届かないはずだ）。ところが間近であるかのごとくよく聞こえて、あらゆる声が感じられるのだが、雑音のあまり何もわからない始末だった。ああ、いったい女たちは寝床で何を騒いでいるのだろう

自然混交の和音

チョーサー「名声の館」

世界は丸いため一〇〇哩四方で空気が反響する

――小言らしきもの、笑い声のようなもの、泣く声だろうか、しかも乳児たちがひっきりなしにわめいてなげかわしい騒音を立てているからか、その子たちに歌う声も聞こえてくる。そして、ほど遠い町（おそらくセントールバンズ）のあるがみがみ女房が自分の夫のことを「寝取られ男」と絶叫するものだから、さすがにそれははっきりとわかった。その続きもぜひ聞きたかったが、どうしても無理だった。そのわけというのも、犬のバウワウ、豚のブヒブヒ、猫のギニャア、溝鼠のドタバタ、鵞鳥のガアガア、蜂のブンブン、牡鹿のガサゴソ、鴨のガアガア、白鳥のシンギン、揚焼鍋のガンガン、雄鶏のコッコー、靴下のチクチク、雌鶏のクワックワ、鵞羽筆のガリガリ、二十日鼠のチョロチョロ、骰子のコロコロ、蛙と沼蟇蛙のケロケロ、蟋蟀のチーチー、くぐり戸のガシャリ、梟のホーホー、野鳥のバサバサ、ならず者のドヤドヤ、奴隷のグーグー、百姓のプープー、少女のキャッキャ、そのほかにもさまざま――たとえば、鈴のリンリン、貨幣のコツコツ、股間のモッコリ、恋人同士のヒソヒソ、千鳥のピョンピョン、ギリギリとペッペッ、ジリジリとコポコポ、ガリガリとゴシゴシ、ジロジロとハテサテ――あまりにもいろいろな雑音が混じり合うので、これでは

引き回し車と懲罰椅子はそのために生まれた代物

ここで詩的熱狂が男を襲う

本来万人には聞こえない夜のさまざまな雑音

ひどすぎる雑音のせいで耳がだめになりそう

聞こうとしたところで誰でも耳がだめになりかねない。ましてや自分は、自作の薬で鼓膜がひどく鋭敏かつ強力になっているものだから、いっそうひどいわけで、内耳にこもった熱のために、つまりは火に当てて乾かした小太鼓のように、または熱でぐっと縮んだ琉特琴（リュート）の弦よろしく、どんなに張り詰めた音が届いても、これまでとは比べものにならないほどうまく受け止めきってしまうのだ。

前言通り、わたしはひたむきにある女の声に聞き耳を立てていたわけだが、そのことを一心に考えていたところへ、すぐそばにあった聖（セント）ボトルフ教会の尖塔にある一等大きな鐘が、その折ちょうど横たえられていた誰か金持ちの屍骸（かばね）のためにか、弔（とむら）いの音を響かせたため、その音がすさまじい轟（とどろ）きとしてこちらの耳に飛び込んできて、もうわたしは解き放たれた地獄の悪魔がこぞって自分を取り囲んだのかと思ったほどだった。そういう次第で、おびえきったわたしは、足下にあった狐の尾の感触だけで（恐怖のあまり忘れてしまっていたのだが）思わずそれが悪魔そのものかと錯覚してしまった。そこであらん限りの声で叫びを上げた。「悪魔、悪魔、悪魔だ！」ところがこの大声で起きてしまった人たちが幾人か、自室にわたし

熱のおかげで湿った楽器もしっかり縮む

唐突なことには誰しも驚くもの

の様子見に来たようで、不在に気づいてあたりを探しに出ながら、互いに声を掛け合うのだ。「あの人はどこだ？　どこにいる？　ストリーマ殿が見当たらない」一同による騒ぎと混乱が、こちらの耳にものすごく響く上に、死の際の人間にあるというあの音にも聞こえて、まさに自分を探して呼ぶ悪魔なのだと勘違いしたのだ。

ゆえに、わたしは煖炉(だんろ)の内側に入って、その隅に寄って身を隠し、悪魔からお救いをとひたすらに祈った。しかし騒ぎがあまりにうるさく耐えきれなくなったため、いっそ自分の耳を押さえるのが得策だと思ったのだが、つまりそうすれば恐怖も一緒に収まるなどと考えたわけだ。そこでじっとしていると、おそらく煙出し(けむだし)の上でうとうと眠っていた鴉(からす)だろうか、煙突内に落っこちてちょうどわたしの頭上あたりにきたが、その落下時のバサバサというのがすさまじい騒音だったために、その鴉の足が自分の頭に当たった感触があったときには、果たして悪魔が来たりてわれ捕らわれり、という心境だったよ。自分の身を守ろうと手を振り上げると、その先が鴉に触れたので、鴉のほうが鴉の言葉で「下郎め」とこちらを呼ぶものだから、そんなことがあったあとではなすすべなく、恐ろしさのあまりわたし

多はそれだけで自らに有害(フェルティリタース・シビ・イプシー・ノクース)

危険があると人は信心深くなる

よくない偶然は重なるもの

被害妄想だけで人は死にうる

は気を失ってしまった。また我を取り戻すころには、鴉もわたしからは離れて部屋のなかに入り込み、そこで一晩中じっとしていたらしい。
　そのあと、わたしは例の耳栓を手にして、自分の耳をふさいだ。悪魔と聞きまごう使用人たちの起こした騒動のせいで、やはり大音量でうるさかったのだ。すると身につけてからほどなくして、たちまち耳に入っているのは自分を探す使用人たちの声だとわかった。つまるところ、自分のよくなりすぎた聴力のためにたぶらかされたわけで、そもそも自分をこれほどおびえさせるきっかけになったあの鐘も（以来わたしは鐘の音を好まなくなったが）まだ響いていたから、ようやく何の音であったかと得心がいった。使用人たちもこちらを見つけるまで呼んだり探したりをやめそうにないと思えたので、自分から先方のほうへ降りていって、実は自室に猫が入ってきて驚いたのだという言い訳をでっち上げた。その結果、一同はまた寝床へ戻り、そしてわたしのほうも、なじみの自室に戻ったのだよ。

かつて自分を
害したものは何であれ
以後ずっと嫌いに
なるもの

ストリーマ氏の語り　第三部

あの時分には、つまり昨夜は伸びた両角のあいだを閉じていたのにもう闕(か)け始めた月女神(キュンティアー)が、こちら側の半球にやってきて、その「双子の」兄の陽光を野外に冴え冴えと分け与えているわけだが、大潮では充ち満ちた海女神(テティス)のふるえる顔に弾かれて、まるまる跳ね返されてしまうから、どうしても日々やせ細ってしまうものの、小潮になればテティスのふくれ面も収まるため、その先にも光を届けられるはずなのに、満月前に大潮が来るとやはり届かなくなる――さながら人が水晶杯を掲げたり下げたりすると、水入りの丸い器に当たる日差しや蝋燭(ろうそく)の灯りの具合が移ろって、その光が月の満ち欠けの真似になるかのよう。諸君ならおわかりだろう――とりわけあなた、主お付きの占星術師たるウィロット殿なら――われらの祖先は自然の因果についての知識が足りなかったのであって、つまるところ月が海の満ち干きや大潮小潮を引き起こすのでなく、海の大潮小潮こそが月の満ち欠けの原因なのだ。そもそも月影とは海による反射で大気に投影され

満月の描写

月を真似る様子

世の占星術師は騙されている

海の大潮小潮こそが月の満ち欠けの原因

た太陽の輝きにほかならない。ちょうど星々が、川面に反射されて透明天球に投影された陽光でしかないのと同じことで、川の流れは絶えず変わらないから、星々もいつもひとつの大いなるものに従っている。星々の運行についても東から西で、太陽と同じ動きだから自然だ。ところがその動きも上がり下がりがある（すなわち時として北寄りや南寄りにもなる）のだが、これもやはり太陽の位置が昼夜平分線のこちら側か向こう側かで決まってくる。同じ理由から、天球の極が不動であることも導ける上に、だからこそ天球に反映される川や死海の位置関係、ひいては天空の丸みとその卵形も説明がつく。とはいえ、この話はさておくことにして、詳しくは拙著『天界と地獄の書』に明示してあるばかりか理屈と経験から証明してあるので、ともあれ再び自らの案件に戻ることとしよう。

あらためて言い直すと、月の女神が兄の歩みを追いつつもわが部屋を覗き込んだところ、わたしが寝台にもおらず読書机にもいなかったので、さっと南へ動いて屋根に空いた小さな穴ごしに覗き見すると、そこで猫に聞き耳立てんと待ちかまえているわたしの姿が見えたわけだ。その時分には、前夜そこにいた猫一同も集っていて、ほかにもおおぜいいたが、あの灰毛

月と星空の真相

太陽の動きこそ星々のさまざまな動きの素因

天極不動の理由

これは『大いなる卵について』と題された本のことか

勉強好きのこの男

すべてを探る光

の大猫はまだだった。やがてそいつもやってくるとたちまち、座の全員が前夜と同じく猫流の敬礼をする。そして大猫が座り込むと、こんなふうに猫の言葉で切り出したのだ（それがわたしには英語を話しているかのごとく理解できた）。

「おお親友同志諸君、今夜の吾輩をのろまと言いたいところであろうし、ずいぶん遅れたことは事実なのだが、これより早く来られぬわけがあったということで、どうかご寛恕願いたい。なにぶん今晩、良質の食べものがたんとある食料庫に忍び込んだ吾輩が、夕食をくすねようとしたところ、吾輩の存在など思いもよらぬ女中と行き合わせになり、庫（くら）の揚げ戸をぱたんと閉められたものだから、そのせいで外へ出るのに難儀したのだ。しかも屋根の上を伝ってゆく途上、窓から押し入らんとする強盗団が隙間から見えてな、ぞっとするあまり道順を見失って地上の道に下りてしまったから、犬どもから逃げるのにも難儀してしもうた。とはいえ、どうやら妖女鬼女のご加護もあって、今ここにたどり着いた次第だ。ちょうどおおむね南の方角にあった大熊座の尾と天狼星（アルハボル）から、夜の五刻が迫っていると読み取れたが、何とかなったわい。しかし今回がわがお役目の最終夜で、明く

猫一座における礼儀正しさ

〈灰毛玉（グリザード）〉の奇妙な不運

甘いものには酸味のある醤汁（ソース）が必要

猫は強盗を恐れる

妖女鬼女とは猫の崇拝対象である魔女のこと

猫は天文に詳しい

る日にはまたわが主〈邪王(キャモロク)〉（ここで猫一同がその尻尾をぴんと伸ばして『妖女鬼女よ、かの者を救いたまえ』と一声）の御許(みもと)へ戻らねばならぬから、とりいそぎ善良なる〈鼠殺し(マウススレイヤ)〉の件を進めよう」とその猫いわく、「吾輩の不幸で失われた時は、汝が簡潔に話すことで取り戻そうぞ」

「善処します、閣下」と言うのがマウススレイヤで、これが以前にも話した昨晩大猫の前に立ってひっきりなしにミャアミャアしていた牝猫のことだ。やはり猫の言葉で、尻尾の敬礼をしたあと、首をすぼめながら話し出す。「されば、（妖女鬼女にその命護られたる）わが王キャモロク、すなわち裏切りによって殺されしその母たる女神〈暴女王(グリモロクィン)〉の帝国を、王統と一同の自発的選任によって所有する王より、委任されたる権限の下その書記官兼参事長をお務めの〈灰毛玉(グリザード)〉閣下、および補佐役の〈凶狼(アイゼグリム)〉と〈黒頭頂(ボルノワル)〉の前に、かのインチキ告発人〈鼠捕り(キャッチラット)〉から皆様方の高座にまで申し立てられたる訴えについて、情欲の悦びの誘いをこちらが拒んだがための逆恨みであるからして、やむをえずこのお歴々の前でわが身の潔白を示さんがため、おのれの幼猫(ようびょう)時代の蒙昧なる日々から全生涯を申し上げましょう。おぼえておいでの通り、この二晩かけてわたくしは、初めの

〈邪王(キャモロク)〉は猫の長たる君主

温和こそ官吏にふさわしい

〈鼠殺し(マウススレイヤ)〉が身の上を語る

〈暴女王(グリモロクィン)〉はかつて〈灰乙女(グリマルキン)〉と呼ばれた存在に同じ

牝猫は全生涯を申し述べることで身の潔白を示す

四年間の猫生（みょうせい）を語って参りましたが、そのあいだわたくしがずっと品行方正であったことはおわかりかと存じます。

さて、中断したところから始めますが、各々方ご存じの通り、わが飼い主であった夫婦は、昨晩その身の上を語りましたように、都会を離れて田舎へと移住しまして、その際にわたくしも一緒に連れていったのでございます。やがてかの地に不案内なまま、自宅も見失ったわたくしは、（出会ったなかでは情欲の一等おとなしかった）相棒の〈鳥狩り（バードハント）〉とともに、あやつの住んでいたストラトフォードとかいう――ストニーだかアポン・タインだかアポン・エイヴォンだかさだかでないけれども――その街へ連れ立って、半年ほど住まい――ちょうどこのころは、まだ説教師らによる弥撒（ミサ）の排撃も大目に見られていた時分で、［一五四九年の礼拝統一法で］その口吻が禁じられるまでもう半年はありましたか。その時期の証（あかし）として皆々様にお話しする値打ちのあることといえば、次のことくらいです。

このとき同居しておりました飼い主の女は、その夫もそうですが結構な齢（よわい）で、それゆえ弥撒に対する根深い信心をあらためさせるにも難儀なもので、そのために数人の若者が出張って、とりわけその息子らと学識ある親

マウススレイヤは飼い主の女によって田舎に連れ行かれる

〈鳥狩り（バードハント）〉はマウススレイヤの相棒

かねてからの過ちはぬぐい去りがたい

族の男ひとりが、それはもう熱心に説いて教える羽目となりました。そしてあと少しで核心に入ろうというところで、はてさてどういうめぐり合わせか、この女の目が見えなくなりまして、体調も崩れて牀に伏せること二日。そこで当人は、その教会区の司祭すなわち馴染みの聴罪師を迎えに行かせました。それから人払いをさせて、残ったのがわたくしとそのふたりだけになりますと、女が司祭に自分の容態と盲目を伝えた上で、何も目に見えないから自分のために祈ってほしい、よい助言をたまわりたいとせがみました。すると司祭は女に対していわく、『おぬしの魂が目をふさごうというのだから、その肉体の調子と目が悪くなったとしても不思議はない。今になって呼ばれて参ったが、あの異端の教えのせいで、おぬしは聖体拝領の秘蹟というカトリック信仰から離れてしもうた。どうしてそのときに呼んでくださらんかった?』と。女いわく、『なぜもなにも、一度お呼びしたじゃありませんか。お越しの折に、かたがたが聖書と聖人方の著作でもってあなた様に難問を突きつけましたら、そんなもの「異端」だの一言で、新約聖書を手前勝手に捏造しただの、口ごもるばかり』

『うむ』と司祭は言いまして、『しかしそのとき用心なさいと言わんかっ

突発する病

猫はあらゆる秘密に立ち会える

横柄に説教せんとするごろつき

罵倒と中傷こそ教皇派の聖書なり

たか、天主がおぬしを苦しめようぞと伝えんかったか?』『はい、おっしゃいました』と女は答え、『あなた様がまさに預言者だったと痛感しております。ですがどうかお許しください、わたしのために天主様にお祈りください、教えてくださることは何であろうと死ぬまで信じますから』『ふむ』と司祭は言い、『痛悔する罪人を天主は誰も拒まぬ。なればこそ、いかなる場合にも信じなさい、キリストの肉と体と魂と骨が、われらの聖女様から生まれ出たままに聖体の祭餅(ホスチア)のうちにあると。なればこそ、それを拝し祈り頂くのだと理解なさい。そのおかげで、同胞の魂はみな煉獄から先の導きが許されるのだから(この新しい異端者連中の言う煉獄などどこにもありはしない——たとえそこで魂が火責めにあっても言い訳をするにちがいない)。さて今言ったこともみな正しいとわかったことであろうし、弥撒はあらゆる類いの罪からもその信心を救い出せるのであるからこそ、あえてただちに告げようぞ、弥撒さえすればおぬしの視力も健康も復するはずであると』

そこで司祭はふところから聖餅(ウエファー)を取り出しまして、葡萄酒を求めました。そのあと戸をぴったり閉じてから、短白衣(サープリス)に着直して、寝台前に据えられ

純石炭(ほんもの)の預言者

教皇派のいち聴罪師による宗教上の助言

人を禍(わざわい)から救うにはもっぱら奇蹟ほどすごい説得材料はない

部屋の隅(アングロース)にこそ真実は(ウェーリタース・クァエリトト)つとめて潜む

た卓上に携帯用の聖務日課書を置き、そこから弥撒の祈りを唱えました。そして聖体奉挙のところまで来ると、司祭は聖餅を持ち上げて、（二日前に何も見えなくなった）飼い主の女にこう言いました。『汝の目をぬぐえ、汝罪深き女よ、して汝の造り主を見つめよ』するとその瞬間、身を起こした女は聖餅を目にして、以前と同じような視力と健康を取り戻したのです。弥撒も終わり、女は天主と司祭にすこぶる感謝したわけですが、司祭からは、自分がどのように救われたか若者連中には絶対に口外しないようにと厳命されまして、それというのも上役の主教が教区全域に対して、いかなる弥撒も口誦・歌唱するべからずと決めたからなのに、なんと善良な老男老女のためならこっそりと、いつでも信心深く諳誦してもよいと女に言いつけたのであります。そうしてこの奇蹟のために、おおぜいの人がその信仰を固くしてしまったので、普通法（コモンロー）ではあらゆる弥撒があれ以来ずっと罰則付きで禁じられているにもかかわらず、こんにちまでいろいろの者たちがひそかに夜な夜な自室で唱えている有様なのです」

「おやまあ」と口を挟んだのがポルノワルで、「いわゆる全能の奇蹟であるのか、それとも魔教役者（まきょうえきしゃ）が施した禍々しき秘技であるのかしら。とは

老女の造り主を
こしらえる若いごろつき

若者に比べて何でもすぐ
信用してしまう老人たち

夜の私誦（ししょう）弥撒をいろいろ
聴いている猫たち

妖術師は人の目を
見えなくすることがある

いえ、確かに僧侶が魔術を用いて直前に女の目を見えなくしてから、同じ魔の妖術でもってその女をまた癒やしたというなら、わたしらにも都合のよい話さ。だって彼なり誰なりを雇って、出産の際には仔猫の前で弥撒の祈りを唱えてもらえるよ、生まれたてでは目が見えないこともよくある仔猫たちのためにね。きっとその僧侶が顔なじみだったなら、どこかの部屋でおなかに仔猫をはらんでいたところで、どうしてもそいつに夜な夜な秘密の弥撒を唱えてもらっていただろうねえ」「必要なもんですか」とマウススレイヤは答えて、「何にもよくありませんよ。そもそもわたくし自身、同じように考えたあげく、僧侶が日々弥撒を唱えるまた別の飼い主の女の部屋で、かつて仔猫を産んだことがございます。ところが仔猫は何かよくなりもせず、むしろ悪くなったくらいです。

　ともあれ、ともに田舎に参りました飼い主がまたロンドンに出て住むという話を耳にして、期日のひと月前からあえてその家に居着いたところ、奥様のほうが引っ越すときにわたくしを連れて行ってくれました。そしてロンドンに舞い戻ったわたくしは、古なじみを訪ねました。仔猫でおなかを大きくしていたころでしたから、産むところが整わないのも不本意でし

弥撒がたいへん役立つという理由

幼猫時代に弥撒を耳にした信心深い仔猫たち

利益をねらう際には勤勉なごますり

たので、ある未亡人の老女の家で世話になることとして、この人のところでこのまる一年ともに過ごしたというわけです。

この女は、若紳士どもに間貸しすることで生計を立てていたのですが、そやつらのためにいつも美しい娼婦らを控えさせてもおりまして、そのせいでそのぶん人出も多くございました。その商いも、皆々様に正直に申し上げれば、ずる賢く手の込んだもので、自分がぺてんと指されるような危険は冒しません。それというのも、若紳士どもから有り金を絞り尽くしたあとは追い出すわけですが、そいつがイカサマに手を染めた場合は例外なのです。かくして、その多くが夜間に外出をしては、明くる朝には何かしらを手にして帰宅する、時にそれは金銭で、また（指環や首飾りといった）宝飾品のこともあれば、立派な衣類のこともあり。時として、運が悪いと悪態つきながら戻ることもあり、そのときは何か持ち帰ったとしても、血の出ていない打ち身や流血した裂傷くらい。ただし何を持って帰るにせよ、飼い主の女はそれを取り上げまして、なんなりと金策に仕立て、質に入れたまま流してしまったり、溶かして金品商に売り払ったりしたものです。

このような悪事を常習としながらも、この女はたいへん信心深くありま

老淑女の営み

娼婦と賭博と
手練れの女親玉のせいで
多くの紳士が恥ずべき
転身をしてしまう

どいつもこいつも
網につっこんでくる魚

カトリックのあばずれ

した。そのため、［一五四七年以降の一連の宗教改革で］あらゆる偶像が禁じられておりますのに、女は一体の聖母像を手箱に入れてありまして。毎晩みなが寝室に下がって、自室にいるのが女とわたくしだけになりますと、いつも女はその聖母を取り出しまして、戸棚に据えてからその前に立てた二三本の蝋燭に火を灯して、それから聖母に跪きをし、時にはまる一時間念珠(ロザリオ)をつまぐりながら唱えつつ、自らに加護があるようにと、自分とその下宿人みなが窮地と恥から逃れられるようにと、聖母に祈りを捧げるとともに、これからは全生涯かけて聖母を尊び奉仕すると誓う次第でございます。

この女と一緒にいるときのわたくしは、それはもういつも可愛がられ飼い慣らされたもので、女が祈りを捧げる例の夜分にもよく、その念珠とじゃれ合っては、手から落ちるとそこに跳びついて受けるという具合でした。たまに念珠の鎖部分に首を突っ込んでひっかけた上で走り回ったりしますと、くりかえし女も大喜びで、ええ、聖母様もそうでしょうとも。それというのも、飼い主の女は時折、聖母様にこう申しておりましたから。『ああ聖母様、猫に微笑みかけるそのお顔から、わらわの話をお聞きだと存じ

偶像はたっぷり光を当てないと聴く構えにならない

聖母は売春宿の雇われ女将

老女は猫をよく愛でるもの

猫が女の念珠とじゃれるのを見て微笑む偶像

ております』

その飼い主の女がわたくしに手をあげたのはただの一度きりで、そのために仕返しをしてやったのですが、それはこういう成り行きでした。実は下宿人である紳士のひとりが、市壁内(シティ)の商人の奥様にぞっこんでしたが、口説き落として肉欲を満たすには至っておりませんで。もちろん、相手のために盛大な晩餐会を開いたり、ふつうの女なら喜びそうな豪奢な衣裳やあらゆる種類の貴宝石を捧げたりもして、もう、さらには神々さえも買収できそうな莫大な金銭を積んだりしたものの、まったく女を心変わりさせられずじまいで、それくらい女は自分のよい評判と貞節を重んじていたのです。そういうわけで、募る一方の情欲のために、断固拒絶されたからこそいっそう昂ぶる気持ちのあまり、こやつが飼い主の老女に胸中を打ち明けまして、この若い女の好意を勝ち得る手助けをしてくれと哀願し、お骨折りには何でも好きなもので報いると約束いたしまして。

そこで、市壁内の誰とも引けを取らないくらいやり手だと思われるわが飼い主は、この若い女を正餐へ招く算段を取り付けました。そして女の来訪に先立って、飼い主はわたくしに辛子たっぷりの詰物料理(プディング)をひとつくれ

愛はのらくら者のおつとめ

貞淑な妻

汝、定命の者の心に何事をか強いざる？忌むべき金銭欲よ(クィド・ノーン・モルターリア・ペクトラ・コーギス　アウリー・サクラ・ファメース)

光るもの必ずしも金ならず

辛子は頭のお通じに、胡椒はくしゃみに

やがりまして、そいつを食べるやたちまち頭にきぃんと来て、明くる日のわたくしと来たらずっと涙が出っぱなしという有様。だめ押しとばかりに飼い主がわたくしの鼻に胡椒を吹き入れましたからくしゃみまで出る始末。やがて若奥様がおいでになって、わが飼い主は家内にある逸品をみな見せびらかしたあと（女は自分の持ち物を披露しては悦に入るものですからね）、ふたりは一緒に卓につきまして、ふたりきりとなりました。それから面と向き合って、あの女やその女のふるまいについて女友達同士の話をしているあいだ、いつもやっている通りにわたくしも姿を現して飼い主のそばに腰を下ろしました。するとこの若い女は、わたくしのくしゃみを耳にして、ひっきりなしの涙を目にしまして、何か患っているのかと訊ねましたから、わが飼い主もわざと涙をこぼしてからため息をついて、さっと顔を曇らせたあと、さめざめと泣き出していわく、『まことにお前様、きっと世界一不幸な女こそがわらわ、天主様は天罰をいちどきにまとめてわらわに落とされたのです。それというのも、生前はいちばんの正直者だった夫を、あのお方はわらわからお取り上げになりました。世継ぎの一人息子ももろともに。生前は誰よりも前途のある若者でしたのに。その上これ

女というものは見栄っぱり

女友達のあいだの話

女は泣きたいときに泣ける

売春宿の主（あるじ）たる老女の
詐欺は一見嘘らしくない

だけでは飽き足らず、ほらこの一人娘までも、（あえて申し上げれば）この市壁内の誰にも引けを取らないほどの別嬪さんで、誰にも負けない幸せな結婚までいたしましたのに、この子の貞節のせいなのか、つれなさのせいなのかは定かではありませんが、あのお方が娘をこのような姿にお変えになって、このなかに娘はもう二ヶ月以上おりますもので、ご覧のように絶えずしくしくと、自分の惨めな落ちぶれようを嘆いておるのです』

この話にびっくりしたこの若い女は、わが飼い主のお涙頂戴の訴えと徹底した猫かぶりに押し切られて信じ込んでしまい、その変わり果てた様子やいきさつ、原因にいたるまでを思いつくままに訊ねてくるのです。『ああ』とわが飼い主は言ってから、『さきほども申しましたが、どう考えていいのやら定かでなくて。娘を大目に見て天主様のせいにすればいいのか、それとも娘を責めて天主様を無罪放免にすればいいのか。それというのも娘は、先も言った通り幸せな結婚をいたしまして夫とも愛し愛される仲でしたが（今となっては今更の話できっとこれからも後悔しましょうが）、なんと別の男からも並々ならぬ懸想を受けまして、それが高じて熱烈に迫られるほどでありました。ところが娘は、おそらく全女性の模範通りに自

恥ずべき嘘が
恥知らずにも語られる

涙のおかげで若人の心は
たやすく転がる

女は生まれつき雄弁

分の貞節と、結婚の日に夫と誓った約束を重んじて、男の求愛を拒み続けました。とはいえ、あまりにしつこいものですから、とうとう娘もわらわのところへ来て、そのことを打ち明けたのです。わらわはよかれと思って（以来ことあるごとにそのことを悔やんでおりますが）、娘にはとにかくお前が悪い、きっぱり断って、きつい言葉と凄みのある返事で相手を突き放してしまえと言いました。娘もそういたしました。なのに、まさか、その裏では。やがてもうなすすべもないとわかった年若い男は、引きこもって病に伏しました。ひそかにまっすぐ恋い焦がれるあまり、誰にも相談せず、三日のあいだ寝たきりで悶え苦しみ、やせ衰えて、飲み食いも受け付けず。そのうち死期を悟った男は手紙をしたためまして、現物がこの財布のうちにあるのですが、男は小姓に託してうちの娘に届けさせました。読めば中身もわかるのでしょうが、とても無理。ただ、ここにいる娘はよくよく読んで、同じく筆を執りました』と、ここで途端に泣き出したわが飼い主は、財布からその手紙を取り出して、この若い女に手渡しましたので、次のような文が読まれた次第です。

全女性は何よりも
その貞節を尊ぶべし

きつい言葉と凄みのある
返事があればたちまち
姦夫（かんぷ）の心は冷める

泣く女を見て同情するのは、
裸足で歩く鵞鳥を
かわいそうと思うのと同じ

名もなき恋する者から、名もなき想い人へ。その愛に生きることが許されないなら、ただ愛に死ぬ許しが欲しい者より。

相互の愛がわが惨め（みじ）な亡骸（なきがら）で初めて交わるというなら、そんなむごい時など呪われてあれ。免れがたい死の運命があてがわれ、ぼくをじっと待っているというなら、こんな今など呪われてあれ。ああ、初めて目にしたあのつれない瞳が、わけもわからぬ抗えぬ力でぼくの心中の情欲を燃え上がらせたのに、慈悲にはこれっぽっちも見向きもせず、ぼくの悲痛をひとしずくの憐れみで悔やむどころか、冷ややかにぼくの命を窶（やつ）れさせるというなら、恐縮ながら、あんな不幸せな瞬間など呪われてあれ。愛してくれない愛する人よ、もうぼくは求愛したりしない、いかなる美しさのためにも、ずいぶん以前につれない言葉の洪水でもって絶望の代わりに消え去ったぼんやりとした希望のためにも。しかしぼくはこんなにも心から期待しているのだ、当然きっとぼくの誠実な愛もしっかりと報われるはずなのだと、そうなればいくらあなたが結婚生活の上で貞節であるとしても（もちろんそのこと自体はぼくも讃えますし讃えてしかるべきでいっそできなければとも思うほどだが）さすがに、焦がれ窶れた死にかけのぼくが、凍えそうな心労でまったく息も絶え絶えの状態にあるのを見捨てたままにはしないだろうし、そうでなくても、賞賛に値する神々の御前ではそれは友愛の社(やしろ)でもあるのだから、せめて男のもとへやってきたりするものだろうに。何らかの理由で愛のめが潰えたなら愛することをちゃんと諦める男、この三日というもの口に何も食べものも入れない男、同じく三日のあいだ目を眠らせることがなかった男、この三週間まったく心が安まらなかった男、この三ヶ月間まったく頭が落ち着かなかった男、この七晩まったく寝台の整うことがなかった男、（つまるところ）全身が衰弱するあまり生きながらに死に、死にながらに生きる存在となっている男がいるならば。やがてこの無力な魂がその愛と命と死の報いとして、このつらく惨めな牢獄から解き放たれたなら、どうかあなたのその白く柔らかな手で、開いたままのまぶたを閉じてほしい。そこからあなたの美という厄介な光が男の心に真っ先に射し入ってしまうのだから。もしあなたがやりたくないというなら、何の愛も思いやりもないままにあなたがぼくを死なせるわけだけれども、今すぐにでも参りたい天界の不滅の神々にすがって、あなたの美にとらわれてこんな死に方をするのは、ぼくだけにしてほしいと願いたい。だからこそぼくは（まさに）公明正大な神々にすがりたい、その石のごとき貞淑な心を変えてくれないかと、もしくはそのつれない美貌を不細工にしてくれないかと。さて、もはや恨み言や書き物をするにも力が足りなくなってきたので、ここでいとまごいをすることにして、ただ願うのは、あなたがぼくの死に目に立ち会ってくれること、間に合わずにぼくが死ぬとしてもその立派な埋葬に立ち会ってくれることなのだ。

無視されながらも生きるあなたの　　G・S

この手紙を読み終わった若い女は、わが飼い主に返したあと、あふれんとする涙を抑えようとあれこれしてから、こう言いました。『おつらいお立場、お気の毒様で、この可哀想な殿方はいっそう、でも娘さんはいちばんお気の毒。ところで、このお手紙を目にしたあと、娘さんはどうなすって？』『ええ』とわが飼い主いわく、『あれは先だっての求婚のときと同じ

優しい心は
たやすく付け入られる

ように考えましてね。むごい返事をしたためて送りました。ところが小姓が持ち帰るよりも早く、その主は亡くなりまして。それから二日と待たず、義理の息子（つまり娘の旦那）も急死いたしまして。さらにそれから二日と待たず、ちょうどここで一緒にいるとき、娘が旦那の死を嘆いておりますと、何やら大声が聞こえてきまして――〈ああ、燧石（ひうちいし）のごとく冷酷な心よ、汝の残酷さを後悔するがいい〉――するとたちまち（ああ、なんてひどい！）娘は今ご覧の通りに姿を変えられてしまいました。こんなことになってわらわも考えたのですが、確かに天主様としては、自分たちのせいでどなたかが死ぬよりも、手前どもに旦那への契りを護らせたいのでしょうけれども、人といたしましては良心のとがめがありますから、他人様を見殺しにするのは許されないのでありましょう。となれば、この点も他の事どもと同じなのです。つまり、何であれ極端も過ぎると悪徳となるのですから、娘への天罰からもはっきりしているように、貞節や純潔などの美徳においても極端が過ぎればまた悪徳なのですね』

このことは、正餐の折にわが飼い主から念押しの話があったこともあり、この若い女の心に深く入り込んだようで、その甲斐あってその日の午後の

女の返事など求めてはならぬ

売春宿の女将によるあくどい手口に注意

あらゆる極端は断念されるべき

邪な会話のせいで美徳が挫かれる

うちに女は、それまでずっと拒み続けてきた紳士を呼びつけて約束いたしまして、逢い引きの場としてあやしまれないところを指定してくれるのなら、ふたりで会って相手の肉欲を満たし尽くすのもやぶさかではないと言い出したものですから、男もそれでは明くる日わが飼い主の家にてと打ち合わせた次第です。果たしてそこへ勢揃いいたしましたので、わたくし、わが飼い主に辛子をくれやがりました仕返しをしようと、常々すこぶる怖がっておりました鼠（ねずみ）を生け捕りにして、そいつをくわえたまま飼い主の衣服の下へと入り込んでから放してやりますと、その鼠はたちまち飼い主の脚を這い上がりましてね。いやはや閣下、そのときのあわてた身じろぎたるや、その絶叫たるや、その青ざめた顔たるや。だめ押しとばかりに、鼠に跳びかかるふりをして、思い切り飼い主の太ももとおなかを引っ掻きましたから、おそらくは全治二ヶ月以上というところでしょうか。こんな跳びつかれた太ももを見せられた若い女は、実の母にそんな仕打ちなど人道に悖（もと）る娘だと発言するのですけれども。『とんでもない』と飼い主は言いまして、『あれを責めるなんてとても。なにぶん、わらわが口出ししたせいで、娘はこんな可哀想な目に遭っているのですから。でもきっと、気持

猫とは悪しき生きもの

女は自分の影に
怯えるもの

この猫が飼い主の女に
辛子の仕返しを
母親を傷つけんと
するとは人道に悖る子

ちとは裏腹に鼠を捕まえないとと思い詰めたか、もしくは鼠がわらわのおなかに入り込んだとでも思ったのでしょう』との言い訳に、世慣れていないこの若い女は（そうでなくては手もつけられませんが）、いっそう不義密通に心傾くわけでございます。

ほどなくしてこの若い女は、わが飼い主にわたくしを借り受けたいと申し出まして、そこでわたくしは女のもとに移りまして、その年はずっとその女と暮らしたわけです。この年は、教会区の猫みなが証言できることですが、わたくし、われらの聖なる掟に不服従なり違反なり、したことは一切ございません、どんな猫との交尾も出産も、時に喜びよりも苦痛が勝ることがあっても、時宜にかなった発情期であっても、拒んだりするなんて。確かに白状いたしますと、キャッチラットだけは受け入れられなくて、叩いて引っ掻きまして、確かにわれらの掟で禁じられていることではあります。訳を申しますと、今年ちょうどわたくしが仔猫を孕んでいるさなかに、高慢ちきなあの猫は、こちらが切実にお願いしているのに、父親として出産の手助けをしてくれなかったのです。その時分、あいつは自分の娘の〈艶肌（スリックスキン）〉をかわいがるあまり、そのほかはみんな値打ちなし扱いでして、

若い女は売春宿の老主（あるじ）に要注意

猫には集団内の掟があり、我々の行い以上にしかと護られる

自分を愛してくれる相手を蔑む男は自分の愛する者から蔑まれて当然

だったら他人様への仕打ちは自分に返ってくるわけで――つまりあいつは屑同然。このとき（まさに）わたくしのおなかには仔猫がいたわけですが、見ると家々の隙間であいつがその夕べに捕まえた蝙蝠（こうもり）にがっついていたものですから、ご存じの通りわたくしとおなかの子に限らず、そういう場合の女どもには何かと入り用なことがよくあるもので、ですからそのときわたくしは、蝙蝠をひとかけらでいいので恵んでくれと、仔猫の命のために、皮ばった翼のところ以外なら何でもいいからと求めました。なのにあいつは、飢えで人倫悖（もと）る下司（げす）のごとく食べ尽くして、わたくしには何も分けようとしません。しかもこのごろの男どもがその妻によくやるように、あいつはこちらにひどい言葉を投げかけまして、おれは浮気をしたかったのであって、ひもじくなりたかったのではないなどと。これにはわたくしもひどく傷ついて、とりわけ求めたものも手に入らなかったということで、そのせいで二日後には病気になってしまい、もし善婦人アイゼグリムがいてくださらなかったら、ひとかけらくださった鼠肉を蝙蝠代わりにできなかったら、わたくしも予定日の十日前出産に耐えられず流産していたでしょう。

猫は仔猫を宿す期間が長い

猫の中に下司がいるのは、キリスト者の中にも下司がいるのと同じ

これはものの代わりであって望んだそのものにあらず

だいたい三日で回復してわたくしがまた外へ出てくると、この心ない下司は会うなり、どうしてもわたくしとやりたいと言ってきかません。そんなやつには、当然の報いと言うべき返事をいたしまして、なおかつ、こちらのおなかを見ればどういう状況かお前にもわかるはずだと言い放ったわけですが、チッ、まったく取り付くしまもなくて（あいつは木立薄荷(きだちはっか)でも口にしたのか）、とにかく頭の中には肉欲しかなかったのでしょう。そのことに気づいたわたくし、向こうは力ずくでこちらを犯すつもりでしたから、あらん限りの大声で助けを呼びまして、救いの手が来るまでは何とか自分の身を守ろうと、最大限きつく引っ掻き噛みついてやりました。にもかかわらず、アイゼグリムとご子息の〈軽足(ライトフット)〉がちょうどお越しになった瞬間（ですからここにいるおふたりが証言できますが）、まさしくあいつはわたくしを暴行しようとしていたわけです。さて、本件のわたくしはあいつを拒んでしかるべきや否や、やったことはわれらの聖なる掟に反しないものなのか、掟はいかなる牡(おす)であれ一夜の相手が十を超えない限りわれら牝(めす)は拒むべくもないとしておりますが、ご高座の皆様どうかお裁きを、掟の解釈を委ねられた各々方よ」

下司は下司らしく扱われるべき

木立薄荷は猫を催淫するきつい薬草

猫のあいだの姦淫の掟

「なるほど、いかにも」と応じたのはグリザードで、「そもそも〈碧心〉(グラスカロン)の治世第三年、〈猫森〉(キャットウッド)にて開かれし法廷において、記録に見られる通り、その例外についても布告されておる。このような件では、いかなる牡もいかなる牝への暴行が禁じられ、犯した場合は大きな刑罰が科される。しかし、このことを認定し、ひいては第一夜にお前がなした無罪宣誓について得心するためには、教えてほしいことがある、お前は新たな飼い主の女のところでいかに振る舞ったのか、なるだけ手短に願いたい。なにぶん、ほれ、今や獅子心星(コルレオニス)がほぼ真西に来ておるし、そのことからもわかるように、幽鬼(ゴブリン)の刻限が迫っておるのだ」

「その若い女を飼い主として家を移ってからは」とマウススレイヤは続ける、「たっぷりとかわいがってくれまして、わたくしのことを老婦人の娘だと思い込んでいるのでしょう、そのことをいろいろと女友達に話しておりました。飼い主の旦那もかわいがってくれましたが、それはわたくしが、よく足で肉をつかんで、うまく口に入れて食事していたからです。ただこの家には、不愉快なやつが住み込んでおりまして、これが大喜びでいたずらするような手合いでして、あるときなど胡桃(くるみ)の殻を四つつかんで、そこ

〈碧心〉(グラスカロン)はグロモロクィンののち猫いちばんの君主に

深夜一時を過ぎると幽鬼どもが外をうろつき、雄鶏がおのれの刻限だと三時にときを作るとたちまち帰路につく

いろいろの愚行を喜んでやる男がいろいろいる

にどろどろの松脂を詰めてから、わたくしの足にひとつずつはめたあげく、わたくしの足を冷水に浸しまして松脂を固めたあと、放り出すという始末で。いやはや閣下、靴をはめられて歩くのはいかに気持ち悪かったか、どれほどつらかったか、それというのも、ちょっとでも傾斜のついたところを走ろうものなら、そのせいで滑って転げ落ちてしまうのです。そんなわけで、その日の午後はずっと靴が脱げない怒りから、板張りの屋根裏の隅に身を隠しましたが、ちょうどその下が飼い主たる夫婦の寝室でした。やがて夜ふたりが寝台に入るころ、こっそりあたりをうかがうと、鼠が床を跳ね回っておりまして。そこで捕まえようとそちらへ走りますと、足の靴が床板でものすごい物音を立てましたので、そのせいで旦那のほうが目覚めてしまったのですが、これが幽霊をかなり怖がる男でした。ですからこの人物が召使いとともに物音にしっかり聞き耳を立てますと、パカパカ、パカパカと馬の足踏みにも似た音なので、みなさんだんだんと恐ろしくなってきたのか、きっとこいつは悪魔だと言い出したのです。

すると一同のひとりに図々しい輩がおりまして（まさしくわたくしに靴をはめた野郎ですよ）、正体を確かめんと階段を上がってきましたので、

靴をはめられた猫

生来の喜びが憂鬱を吹き飛ばす

後ろめたい者はいつも疑心暗鬼

わたくしもこっちから下に降りてやつに姿を見せつけて、これみよがしに足踏みをしてやりますと、わたくしのぎらつく瞳を目にしたあいつは、なんと後ろ向きに転がり落ちて、頭をぶつけて絶叫しやがってね、『悪魔、悪魔』って。その声を旦那含め全員が耳にしたものですから、裸足で逃げ出しまして、そのまま表の通りに出て同じ絶叫を張り上げた次第でございます。

果たして隣人たちが起き出しまして、近所にいる老僧が呼び出されたわけですが、この人物は、［一五四七年以降の宗教改革でカトリック式の］聖水の精製が禁じられたために、聖水が足りないと普段からいたく嘆いておりました。しかしそうも言ってられませんから、とりあえず教会へ行きました老僧は、聖水盤から洗礼用の水を少々拝借して、さらに自前の聖餐杯（チャリス）を持ち、なかに聖別前の聖餅を入れまして、短白衣（サープリス）を身につけ、首に襟垂帯（ストール）をかけた上で、自室から二年保存してあった聖蝋燭も取ってきました。これら一式を持参して、うちにやってきまして、老僧は片手に蝋燭の灯り、もう片手に聖水の滴礼器、胸のところから聖餐杯と聖餅が見え、腰帯に盤水の入った瓶を下げたまま、祈りを捧げながら屋根裏に上がって

悪ふざけにはそのやらかしの程度に応じた天罰あり

聖水はまじない師にうってつけ

悪魔をも騙くらかそうというこの男

まじない師ならその装いがせいぜい

きまして、全員がぞろぞろと後ろからついてくるのです。

ここでこの様子を目にしたわたくしは、幾晩も前に他の場所で見物したように、また今夜も弥撒が見られるにちがいないと気づきまして、その場に立ち会いたいと思ったわたくしは連中に向かって駆け寄ったのであります。ところが老僧は、こちらが向かってくる物音を耳にして、しかもおぼろげな光でわたくしの姿を目の当たりにしたものですから、やはり転げ落ちて、後ろにいた連中にぶつかり、聖餐杯でひとりが怪我をし、水瓶でまた別のやつもやられた上に、聖蝋燭がもうひとりの僧の尻の下に入り込むわで（こいつは他の者たちが清め払おうとしているかたわら階段の上がり口でわが家の御女中(メイド)を詭弁で口説いていたんですよ）、まあこいつは尻を焦がしましてね、つまり他の連中が転げ落ちてきた物音にすっかりすくんでしまって、消すだけの余力も出てこなかったのです。この一部始終を見ていたわたくしは、自分から走り降りて、折り重なる連中のなかへと跳び込みました。ところがその瞬間、一同はとんでもない恐慌状態になりまして、それはもう初めて見る有様でしたよ。というのも、すってんころりんと老僧が人山にぶち当たって、小姓のむき出しのケツ穴に顔を突っ込んだ

全人類の経験以上に弥撒を聴いたことがある猫たち

これまで僧侶はその種の心持ちあるまじない師

わけでして、たぶんケツ穴の下に顔がまっすぐズボっと入ったんでしょう、そのことにたまげるあまり老僧は、びびり散らした小姓が脱糞して、自分の顔がその大便にまみれているというのに、その感触も臭いもわからず、ぬぐうこともできずじまいでした。

そのあと、わたくしは飼い主の女のところに参りまして、彼女も人山のなかで(なんと)取り乱して倒れていましたから、そのまわりでミャアミャア鳴いて丸まりますと、向こうもようやく口にしましてね、『きっとこれ、うちの猫です』って。この声に、わたくしに靴をはめやがったあのごろつきは、今の今まで忘れていたことに思い至ったようで、確かにそりゃそれしかありえない、と言い出しました。その言葉を聞いた僧侶は、このときまでずっと聖なる尻の下で、倒れた聖蝋燭をいぶしていたわけですが、気を取り直した上で、他人に見つかるよりも先に立ち上がって、取り上げた蝋燭を掲げつつ、こちらや全員に目をやりますと、同僚の顔に立派なものがついているので大笑いいたしまして。残る一同もその声を耳にして、正気を取り戻してみな起き上がって、わたくしをまじまじ、そしてわたくしに靴をはめやがった張本人をたしなめましてね、そりゃそんなことわかる

びびり散らしては五感もわからなくなる

嘘つきといたずら者は自分のやったことを覚えておかないと

ひとりの勇者が大勢の臆病者を元気づける

わけないわけで。事が収まると、みんなしてお湯をわかしてくれまして、松脂を溶かして、わたくしの靴も引っこ抜いてもらえました。そうこうしてから一同は（お互いに今夜のことはなかったことにしようと示し合わせたあと）恥ずかしながら自宅に戻っていきまして、わが家人たちもみな寝台に返ってゆきました」

一座の猫たちは（わたしもそこに混ざって）ひとしきり大笑いしたわけだが、マウススレイヤは先を続けた。「このあと九ヶ月が過ぎたあたり、つまり先の聖霊降臨日の時節、また別の愉快ないたずらをいたしまして、それはこういう次第です。例の紳士は、かつての飼い主の嘘とわたくしの涙顔のおかげで、今の飼い主である女に受け入れられて、関係が続いていたのですが、しばしばこちらの家にもやってきまして、旦那の不在の折にはいつも飼い主の女とよろしくやっておりました。ですから、旦那のほうにそのことがバレてほしくって（と申しますのも、あのふたりは旦那の財産をこっそり湯水のごとく浪費しまくるので、いくら旦那の商いが繁盛しているとはいえ、ふたりのせいでこの旦那は知らないうちに破産寸前になっていたのですよ）、そこでわたくし、どうやってこいつらのことを暴露

沈黙は恥のいちばんの友人

猫の声に混じって
大笑いする著者

姦夫は時を待つことに熱心

浮気妻と裏口不倫が
あると金持ち男も
たちまち貧しくなる

してやろうかと機会を探りました。そして事は偶然のめぐり合わせで、以前にも振り返りましたあのときに、こんなふうに起こったのです。あの紳士がわが飼い主とよろしくやっていたところ、いきなり旦那が帰ってきまして――あまりに突然でしたので、男は襦袢（タイツ）を引き上げるひまさえなく、脚の中途に引っかけたまま、部屋の隅っこまで駆け寄って、飾り壁掛けの裏に入り込みまして、（請け合いますが）じっと突っ立つ姿は鼠のようでしたよ。さて旦那が部屋に入ってくるなり、その妻は長らくの習慣通り、首に腕を回して口づけをいたしまして、それからいろんな手管を弄してまた外へ追い出そうといたしました。ところがくたびれ果てていた旦那のほうは腰を下ろして、正餐にしようと言い出します。女もこれはどうしようもないと悟って、正餐を運んでくるわけですが、これが濃湯（ポタージュ）ひと皿と牛肉ひと切れでしてね、かたや女とその情夫は朝食が雄鳥の肉とほかほかの鹿肉、それから髄骨のほかいろいろのご馳走でしたのに。

　この様子を目にしたわたくし、旦那に自分の立場を思い知らせたいと考え至って、壁掛けの裏に入り、間男に声を上げさせようと、爪でそやつのむき出しの脚と尻をしたたかに引っ掻いてやりました。ただ、それだけや

偶然が悪を暴くこと多し

売女（ばいた）ほど愛らしい
外面の者はいないようだ

バッコスら不在時の（シネ・バックオー・エト・ケーテラー・フリーゲト・ウェヌス）
ウェヌスはよそよそしい

ったにもかかわらず、じっと立ったままやつは動じないのです。ところが旦那のほうはわたくしの声を耳にしまして、鼠でも捕まえんとしているのかと思い込んで、飼い主の女に行って手助けでもしてやれと言いつけました。女は、いかなる獣が潜んでいるのか承知の上でしたから、壁掛けのところまで寄ると、わたくしを呼んで追い払おうとして、いわく『おいで猫ちゃん、おいで』、そこでわたくし用に床へと肉を投げました。しかしそんなものに気を取られるわけもないわたくし、引っ掻いても相手は動じないとわかりましたので、とっさに跳び上がるや歯で生殖器をガブリといきまして、きつく噛みしめましたから、おそらく人間の我慢の限界の超えたところで、とうとう男は叫び声を上げまして、なんとわたくしの首をつかんで絞め殺そうとしてきました。旦那のほうは、鼠があんな壁際にいることなどほとんどないし、それに臭いもないのに声がしたということで、ついに壁掛けのところに来まして、さっと布を持ち上げてみますと、なんとそこにこの真っ裸の紳士が見つかるばかりか、睾丸（こうがん）に噛みつくわたくしを首絞めんとしているさなかではありませんか。わたくしも旦那の姿を確認いたしましたから、噛みつくのをやめまして、紳士のほうも手を放しまし

恐怖は苦痛を圧倒する

壁掛けの裏にいるのは
どちらも鼠ならず

害をなした部位に
罰を与えることこそ正義

しかと用心して
隠さない限り
密通はいずれ暴露さる

て。それからわたくしはすぐさま抜け出して、今の住まいにたどり着きましたので、以後そちらへは行っておりません。ですから、そいつらの揉め事がどう収まったのかは存じませんし、わたくしも命が惜しいのであえて確かめにゆかずじまいというわけです。

以上お話ししたのが、ご高座の皆様、わが身に起こったことの一部始終でございまして、ここからもあらゆる善の掟に対してわたくしが忠実に遵守していたと各々方にもおわかりでしょうし、わたくしを掟に反する者として告発するなどいかに恥知らずな誤りであるかご理解いただけようかと思います。ですからどうか皆様におかれましては、ただいまご理解の通り、わが君主たる大いなるキャモロク（その命を妖女鬼女に護られたる者）の御前に、わが振る舞いを正しくお伝えくださいますよう」

グリザードとアイゼグリムとポルノワル、すなわち委員連中はマウススレイヤのこの証言と要請を耳にするに至って、揃ってこの牝猫を大いに称えたよ。そのあと、一座の猫たちの前でその猫に命じたのが、ケイスネスで催される次の聖カタリナの祝日に参加することで、いわくそこでキャモロクが法廷を開き、委員も出席するとかで。さて、わたしはと言えば、聞

いかなる種の造物にも
過てる告発者がいるものだ

正義は告発された
無罪の者を
大事に扱ったほうがよい

いた話が耳から理解できて嬉しくて、なおかつそれより前の二晩分でさらに話されたことがわからないものだから残念にも思いながら、寝台へと入りぐっすりと眠った次第だ。

そして明くる朝、外の庭へ出てみると、見知らぬ猫がうちの猫に、マウススレイヤがこの三夜のあいだ委員連中の前で何をしたのかと訊ねているのが耳に入った。こいつにうちの猫が答えていわく、あの牝猫はキャッチラットに告発された罪について身の潔白を訴え出たとのことで、六年間の全生涯を証言したという。「いわく、その初めの二年では」とうちの猫が話し始めて、「五人の飼い主がいたとかで、僧侶とパン屋と弁護士と質屋と肉屋。この全員の私的な裏面を目にしたと、第一夜に証言したんだよ。次の二年では七人の飼い主があって、主教と騎士と薬種屋と金品商と金貸しと錬金術師と貴族。こやつらの残虐行為や研究や奸智(かんち)や悪知恵や吝嗇(りんしょく)や愚行や浪費や権力濫用が、第二夜に語られてさ、なかでも注目を集めた行動がこういうので。その騎士は美しい貴婦人を妻にしていたのに、本にばかりご執心だったので、女と共寝をすることがめったになくて、その猫は飼い主の妻を憐れんでさ、男が独り寝を怖がるようにと、女と別に寝たあ

苦労と徹夜のおかげでぐっすり睡眠

マウススレイヤは当時六歳

猫はよく住まいを変える

男はその妻と共寝をすべき

る夜のこと、男の口元に寄って、その息を吸い込み吸い込み窒息寸前まで追い込んだわけさ。金貸し相手にも似た役回りをしたとかで、この男は金持ちなのにケチな生活をしていて、つまり貧乏のふりをしていたもんで、その猫はある日、男の宝箱が開いたままになっていたとき、中に入って潜んでてね、それに気づかないまま男は蓋を閉じてしまう。それから夜、帰宅してきたときに、宝箱から何かが動く物音が聞こえるもんだから、つい悪魔だと思い込んで、僧侶といろいろの人を呼び出して来てもらって、おまじないで助けてもらうことにしたのさ。ところが一同の見守るなか宝箱を空けてみると、猫が跳び出すだけで、しかも全員に男の持つ財貨の量がバレてしまったわけで、以後はしっかり課税されたとのこと。前夜の出来事と発言といえば、グリザード閣下の大冒険とマウススレイヤのこの二年の下宿先のことだけど、その前の二年と何の代わりばえもないし、そもそもあんたも居合わせて聴いていたのだから、わざわざ言うまでもないさね」

こんな話を、そう、その二匹の猫のひそひそ話を聴いたわけだ。そのあとは屋内に戻って、麺麭(パン)と牛酪(バター)で朝食を摂り、正午の食事はふつうの食べもので、朝のがこなれるころには、自分の頭もまた万全になって、異能の

ケチんぼは自分にも
他人にもよろしくない

悪魔は金に喜んで
棲み着くもの

本書のいずれも先に
猫が語ったことに比べれば
何てことなし

粗末な食事は
粗雑な知覚になるだけ

方も満ちてきたというのに、夜分には前と同じくらいに鈍くなってしまっていて。晩にまた別の猫二匹に耳をそばだててみたものの、その身ぶりから同じ案件を話していることは見て取れても、言葉がひとつもわからなくなっていた。

さて、ここまで諸君（とりわけわが主、あなた様）に話してきたのは、まさしく驚異の内容なわけだが、驚異であるとともに不可思議なものでもある。とはいえ時宜さえ得られれば、自分の目で見て自分の耳で聞いた他のことどもも話したいし、その謎たるや今回をはるかに勝るもので、そのまったく信じられないものと比較したところで、今お話ししたものなどまだまだ大したことないのだよ。話は変わるが、諸君どうかケイスネスまでの旅費として金を貸してくれんか。なに、この五年ずっとこちらに来っぱなしで、ろくに旅もできなかったものだからね。

フェラーズ氏がぜひそうしようと約束すると、本日は店じまいだと皆で目を閉じたわけだが、それというのも、ここまでの話のために本来より二時間以上も開けたままになっていたからという次第。

驚異とは不可思議なもの

金剛石（ダイヤモンド）に比べれば
水晶など色彩なし

貧困はあまたの
優れた試みの妨げとなる

教訓

今回の話が、多くの人々には不可思議に思えることは承知しております。まさか猫が言葉を理解するばかりかしっかりしゃべり、さらに集団をまとめる統治者がおり、自分たちの掟に従っているなどとは。ここで、この話を夢中で聴かせてくれた語り手が、周囲も認める信頼に足る人物でなければ、わたくしも同じく訝しんでいたことでしょう。しかしながら、今回の話に出てきた住処も人々もみな、当人がこの驚嘆奇怪な調合薬を実体験してみる前から存じておりますから、そのぶん真実味への疑いも減じてくるわけでございます。ゆえに、当人の語りからも明らかな通り、猫は我々の言葉がわかり、われらの秘密の行為を見届けており、あげく仲間内でそのことを話し合っていることを考えれば、しかも当人が製法を明らかにした薬の力を借りると、いかなる人も同様にその言葉がわかるとなれば、わたくしとしては万人にぜひとも忠告いたしましょう。不道徳な行為には注意すること、秘密の過ちは慎むこと、悪意ある私的な助言も控えること。お恥ずかしい話、めぐりめぐって世間にそのことを知られてはいけませんから。とはいえ、そのことを気にするあまり、自分の猫をどこかに捨ててしまおうというなら、それこそ自らの振る舞いが邪な秘密生活を営んでいる証になってしまいましょうし、万人の最も密やかな行為をも観察目撃凝視しているはずの神や御使い以上に、猫に見られることを恥に思っていることにもなります。

そして我々もストリーマ氏のこの告白から学びを得たわけですから、さらけ出しつつ隠しつつしっかり生きて参りましょう。あらゆる秘密を握る自分の飼い猫に、立派かつ誠実なところ以外は世間に語られることのないように。こちらが好む好まざるを問わず我々のあらゆる行為を覗(のぞ)いて記す悪魔の猫に、神の眼前でおのれのことを告発されてしまわないように。そうなれば神は、恥辱のみならず永遠の責め苦であらゆる罪過悪行をお罰しになるでしょうから。されば汝、何事かに取りかかる際には必ずこの格言を想い出されたし、『猫にご用心』と。やりおおせるまで汝の猫を縛っておけというわけではなく、汝の猫や（そもそも縛りようもない）悪魔猫に何かのさなかに見られて、あとあと告発されておのれの恥をさらしてしまわぬよう、注意せよということです。

そうあるためには、汝そもそも過ちをなさぬこと。とはいえ猫の証言を介して、善行を知らせることもできるわけで、そうとなれば、汝にこの警告を授けてくれたストリーマ氏の労に報いる意味でも、氏の作ったこの聖歌を汝から神に捧げてもよろしかろうて。

聖歌

鯨(くじら)に、猿(さる)に、梟(ふくろう)に、知恵を施し、
魚に、獣(けもの)に、鳥に、情け深くも言葉を与え、
清い魂と肉体にある人間に、精神を授けて、
他の造物の意図に気づいて知れるようにした存在よ

あの方は、財宝こそが人々の希望だとする教皇でも王でも
領主でもなく、グレゴリーに恩寵をお授けになったが、
ところが無垢なる僧侶は、長旗(ストリーマ)のごとく宗教善に
たなびくも、愚かなごろつきたちにさえ軽蔑される

あの方は、まさしく、この男に恩寵を与え、
ミトリダテス大王の肺からも吐きさえないほどの
数々の言葉と言語の大いなる技能でもって、
天上や下界のことどもの条理を知れるようにしてくださった

その男に、鳥や鼠どもを狩る者が、帽子飾りを縫う
ケイト相手と変わらぬ平易な言葉遣いでしゃべりかけるも、
この男の手で、密かなその行為と発言のどちらもが
あそこまであけすけに暴露される

主よ、あの男に健やかな繁栄と安らぎを与えたまえ、
我らに対してその博識な胸を開帳できるだけの長命も、
その墓よりも長生きするほどの、これまで誰も、
これから何人(なんぴと)も持ち得ないほどの大いなる名声とともに

おしまい

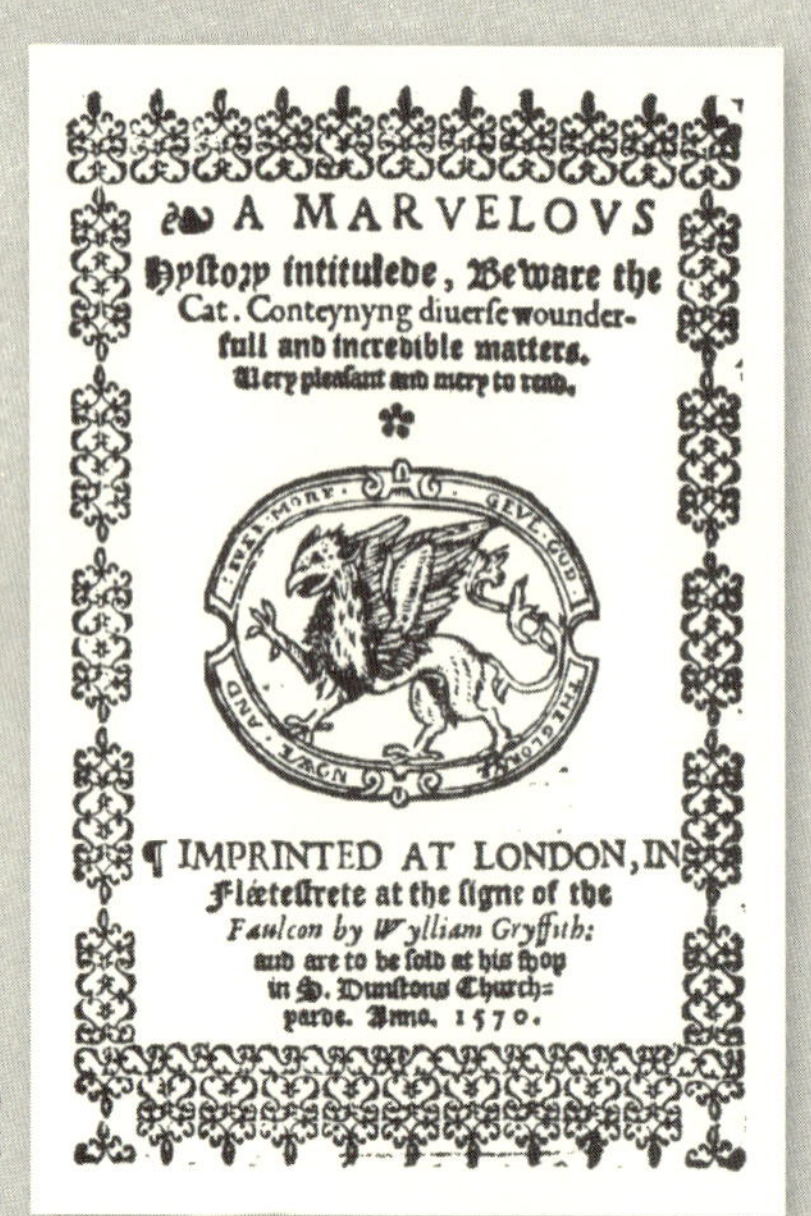

A MARVELOVS
Hystory intitulede, Beware the
Cat. Conteynyng diuerse wounder-
full and incredible matters.
Very pleasant and mery to read.

¶ IMPRINTED AT LONDON, IN
Fleetestrete at the signe of the
Faulcon by Wylliam Gryffith:
and are to be sold at his shop
in S. Dunstons Church-
yarde. Anno. 1570.

［図1］『猫にご用心』
1570年版書籍扉
（大英図書館蔵）

［図2］『猫にご用心』
1570年版口絵
（大英図書館蔵）

付録2

作者不詳『猫にご用心』と称する書物への手短な応答

高貴なる読者へ、心からのご挨拶。
どうか知りたまえ、ボールドウィンの珍妙なるやり口を。
この応答のさなか、わたくしめがどこか性急に見えたとしても
故無しとは思ってくれるな、それほど相手の嘲罵がみっちり夥しいのだ。
その本こそ『猫にご用心』と称する書物よ、
そしてストリーマが著者ならぬこと、これがまさに真相なるぞ。
かかる嘘の作り話はその者の筆から生まれたものでなく、
その心と口からも出ておらぬ。誠実なる大方の者にはお見通しだが、
汝もよろしくご承知願いたい、実はその書を著したるは、
ウィリアム・ボールドウィンなる御仁なのだと。ああ神のご加護で、
やつに十分な成功と、たくさんの年越しと幸福と健康があったれば、

　本件でも公共の利益を追い求めてくれたろうに。
持てあます暇と一途な勉学のおかげで、ただひとり夢想しながらやつは、
　何たる手立てで物語ってくれたことか。激励なる砥石でも手にしていたか。
ほぼどの記述についても、本書の信憑性など、
　真夏のロンドンに雪が降るのと同程度なるぞ。
ほぼどの記述についても、本書の信憑性など、
　やつの鼻とわたくしめの臀部が糊で密着するのと同程度なるぞ。
その演奏をやめるがいい、ボールドウィン。ちっとも学がなく、
　もろもろの話をもっと知恵たっぷりにうまく作れないのであれば。
その帽子を投げよ、ボールドウィン。自分の頭蓋を陽に曝すがいい、
　頭がおかしくならぬように。頭の中があのようなガラクタだらけなら、
これ以上増えぬように、このささやかな短詩を読むがいいぞ、禿ちゃびん（ボールドウィンケン）。
　さあストリーマの排泄物を、思い切って自分の歯茎に塗ってみなされ、
単鉛硬膏の代わりに、薬西瓜（コロシント）の代わりに、
　大黄の根や皁莢（カシア）の果の代わりに。
かの造り主にもっと余裕があったれば、

その手から貴様ももっと貴重な宝が得られたであろうに。

とはいえ卑しい時節であるから、それで自画自賛しているがいい。

自分のつまらぬ本の報いに、ぬくいケツの穴に接吻してもよいぞ。

あるいは晒し台だな、官憲がよくやってくれればの話であるが。

貴様は、そのような話もせなんだ無害な男を貶めておる。

貴様は、その者について声高に嘘をつかんとしておったのだ。

しかも男の故郷（ふるさと）について、怪態（けったい）なこともたくさん書いておる。

何たることだ、ああ、貴様の本の出来がせめて半分であってほしいものよ、
貴様の大事な人の心血にも、これ以上害をなさぬよう願いたい。

本紙の要点は、（誰かしらが見いだしてくれるならば）

ストリーマがその本の作者であることの完全否定にある。

この（十葉からなる）本は、ストリーマ本人が一言も口にせぬうちに、
あらゆる言葉が刷られたわけだが、ウンコ拭いにしか使えんて。

実際に尻を拭った（テルグンディース・ナティブス）とて、本書がよかったとの感想を抱く者もいるにはいたな、
あるいは姿態が露わ（カリー・スピケリー）になるからと、堕落した人間の肉欲が大切にされるからと。

ゆえに高貴なる読者よ、汝が託さんとする信用の中身に用心せよ。

真相は本紙にある。汝もどんと信じてくれるがよいぞ、
ボールドウィンのガラクタまで、汝を始めとした人々のものとなれば、
あやつの哀れな同胞たるストリーマを痛めつけるも同然なのだと。
さてさて、よき聞き手たちよ、見極めよ。できる限り偽りなく、
つらつらとわたくしめが書き立ててきたこの男が、果たして善人なのか否か。
まっとうな理由もなく、ある人物の名を汚すほどのあの所業が、
大きな過ちでないとするならば、人はいかなる罪を恥とすればよいのか？

たとい汝一切を失うとも（オムニア・シー・ペルダース）、よき名は保たれんと心得よ（ファーマム・セルウアーレ・メメントー）。
万一ひとたび失われたなら（クァー・セメル・アーミッサ）、そののち汝は無なるべし（ポステアー・ヌッルス・エリス）。

「『カトー二行格言詩集』より」

（格言の通り）人がすべてを失っても、なお誠実な世評を保ってゆこう。
いったんすっかりなくなっても、帰宅して奥方をしゃぶればよいではないか。
ボールドウィンがやり始めた毒づきの真似など、わたくしめは御免被りたい。
少なくともわれらのあいだには、清らかな糸が紡がれるべきではないか。
ここまでこういろいろと書き立ててきたのも、真相は知らしめらるべき、

事実に反する嘘というのも、しかと打ち倒さるべきということなるぞ。

おしまい

A Short Answere to the boke called: Beware the Cat,

To the ientil reder: harti salutacions,
Desiring thee to knoe: Baldewins straunge faschions
And if in aunsering: I appere sum what quick,
Thinke it not with out cause. his taunts be rive & thick
Where as ther is a boke, called: beware the cat,
The veri truith is so, that Stremer made not that;
Nor no suche false fabels: fell ever from his pen,
Nor from his hart or mouth: as knoe mani honest men
But wil ye gladli knoe, who made that boke in dede,
One Wyliam Baldewine. God graunt him wel to spede
God graunt him mani new yeres, prosperite and helth
As he hath in this thing: farderd the Comon welth
With large lesure, brow wne studi: he musing all alone
Devised by what meanes: he might win the whetstone
Every thing almost: in that boke is as tru,
As that at Midsomer: in London it doth snu.
Every thing almost: in that boke is as tru,
As that his nose to my dock: is ioyned fast with glu,
Put up your pipes Baldewine: if you can make no better,
Many talk more wittili: that knoe not one letter,
Put on your cap Baldewine: & kepe your brayn pan warme
Least ye go to Bedlem: if suche toyes in you swarme
Rede this litel short Rime: Baldewinken, til more cum:
And with Stremers excrements: be bold to noint your gum
In stede of Diaglum, in stede of Coloquintida,
In stede of ru barbarum, or casia fistula.
If the maker hereof: had bin at more lesure.
Ye had had from his hande: a more precious tresure
But in the meane season: content your selfe with this,
For your Bagagical boke, a warme a.r.s. you may kys.
Or els a payre of stockes: if officers do wel,
You hurt a harmeles man: which no such tales did tel;
As ye were disposed: loude lyes on him to make,
Which many witti things: writes for his countreys sake.
Alas I wolde to God: your boke were halfe so good,
I wyih you no more harme: nor to your swete hart bloud
The pith of this paper, (if any man in it loke)
Is to deni utterli, that Stremer made that boke
The boke (of ten leaves) was printed every worde
Er Stremer saw any pece, to wipe away a t.o.r.d.
Tergendis natibus, som thought his boke was good
Or to cari spicei, to cherische a sick mans bloud.
Therfore ientyl reder: beware what credence thou ghive
The truth here conteyned: thou mayst boldly belive
Bald wins toyes do belong: to thee or any other
As well as they do touche Stremer, his pore brother.
And now Iuge good hirers: whether he be a good man
Of whom I write these things; as truli as I can.
If that be not a grete faute, so to hurt a mans name,
Without sufficient cause: what crime shuld a man blame
Omnia si perdas: famam servare memento; Qua semel amissa postea nullus eris,
If thou lese all (sayth he) yet reserve honest fame
If that be ones clene gon: go home and suck thy dame;
I am loth for to rayle, as Bald win hath begun
For so betwine us both: a fayre threde shuld be spun
This miche I haue writen: that the truith shuld be knowen
And that the falsite: shuld quite be overthrowen. Finis.

［図3］ブロードサイド判バラッド「『猫にご用心』と称する書物への手短な応答」
（16世紀末頃、ロンドン尚古協会蔵）

猫の王様

伝承篇

「猫の王様」の噂を伝える偽作書簡の抜粋

——一七八〇年頃

ウィリアム・クーム 著

〈われら信じやすき人種なり(クレーデュラ・トゥルバ・スムス)〉——わたしたちは信じやすい部類の人間である。どこまでも頑として懐疑を貫く学者にしても、毎日毎時、他人に騙されているとともに自分を騙してもいる。信仰にしても、明らかな真実も種々あるなかで、まったく理解の及ばないことを信じよとも命ずるわけだが、そのおかげで時としてその従順な信徒の心も、盲信からの実践に慣れてくるのだろうよ。であるから、人の妄想が創り出したどこまでもありそうにない作り話にも、どう抗っていいかわからず、うのみにするのである。あげく、テルトゥリアーヌスのあの〈ありえないゆえに我信ず〉の文言が、言いなりこそが信心であるとして、易々と採用されるのだ。この見立てが正当であることは、近ごろ耳にしたある話をすれば納得されよう。そのものが異質というよりも、その話にこもった信じさせようという響きなり描写なり表現なりが特異なものであるからな。——ある旅人がとある荒涼とした山岳地方で行き暮れていたところ(覚え違いでなければスコットランドの北部高地の話だ)、ようやく付近の建物に歓待してくれそうな明かりをみとめた。そこでその男は馬をそのほうへと急がせると、迫ってくるのは人家ではなく、なんと明かりのついた礼拝堂だった。しかもその中から、聴いたこともないような不安に駆られる物音がするではないか。すこぶるたまげて恐れをなしたけれども、思い切って建物の窓から内側をのぞいてみると、驚いたことに目の前には猫の大群衆、しかも凄然と整列しつつ同類一匹の死骸を囲んでいた。正装で安置されたその遺骸には、王を示す各種紋章に包まれていたという。この異様な光景に愕然かつ悚然とした男は、来たとき以上の大急ぎでその場から離れた。しばらくして、ある紳士の家屋に行き着いたのだが、家主はそのさすらい人を門から押し返すことはなかった。それどころか男の形相に、目の当たりにしたものへの反応がありありと表れていたから、親切な家主はその心乱れる所以を訊ねてくれた。それに応じて男は自分の話を語った次第であるが、話し終わったとき、談話のあいだ煖炉の前で寝転がっていた大きな飼い猫が、いきなり跳び起きてはっきりと大声で叫んだのだ、「ならばわたしが猫の王だ！」と。その新たなる栄誉を主張したあと、そのけものは煙突を駆け上がっていって、以後は姿を見せなかったとか。

さて、この奇妙奇天烈な物語をまじめな顔で復唱した男は、この国の貴族として生涯の活動にも関心がある者で、その才能と知恵とキリスト教の信心においても、人のあいだでは高い尊崇畏敬を受けているというのだからな。［…］

詩篇　猫の王

——一八〇〇年前後

ジョン・ダンロップ 著

その夜は大荒れで鬱々（うつうつ）と暗く
　長旅にくたびれていたある異邦人
すると目のさき荒野の向こうにちらつく明かり
道逸（そ）れてその灯（ひ）めがけてひたむきに進み
　やがて男は目的地にたどりつく

時に朽ちた礼拝堂の明かりをのぞきこむ

　そこで耳に入ってくる嘆き悲しむ声音
半死半生のていで旅人は中を見つめると
目の前には妄想が形をなしたごとき光景
　思わず驚き恐れて身震いをした

猫の群れが火を囲みつつ集会のさなか
　そこに横たわっている斑（ぶち）の牝猫の遺骸
立派な告別式として正装で安置され
王に欠かせぬ誇らしい表徴（しるし）もほどこされ
　死後の御幸（みゆき）にも備えはじゅうぶん

あまりの忌（い）まわしい有様に逃げ出す異邦人
　やがてレノックスの外れに人家を見いだす
ところが家主は男のおびえた様（さま）をみとめるや
その恐怖のわけをどうしても知りたがる
　おりよく葡萄酒（ぶどうしゅ）が男の気付けにもなる

男の口にした物語は一座を驚かす
　すると鼠捕り(ねずみとり)のうまい四足獣(しそくじゅう)一匹が
顔をかきかき広間の炉辺(ろへん)に寝転がっていたが
煙突を駆け上がりながら恐ろしい叫声(きょうせい)を――
　「ならばいざ！　われが猫の王ぞ！」

猫の王様

——一九〇八年

マリオン・フローレンス・ランシング 編
チャールズ・コープランド 画

何年も昔、スコットランド北部にある人里離れたうら寂しい小屋に青年兄弟がふたりで住んでいた。食事はひとりの老婆が世話をしていて、

その婆(ばば)の飼い猫一匹と兄弟の犬数匹を勘定に入れなければ、あとはあたりには誰もいなかった。

ある秋の昼下がり、兄のほうが出かけたくないと言ったため、弟のほうがひとりして外出し、昨日の狩りの道のりを［拾い漏らした獲物を探しに］そのまままたどっていった。日没前には帰宅するとのことだったが、いっこうに戻ってこないので、兄もそわそわしながらじっと待っていたものの、そのかいもなく、とうとういつもの夕食の時間もずいぶん過ぎてしまった。やがてようやく帰って来た弟はずぶ濡れで疲れ切っていて、遅くなったわけも話せない有様だった。とはいえ夕食も済ませて、兄弟ふたりで暖炉前に腰を下ろし、足元に犬たちを寝そべらせて、老女の黒猫にも炉辺に半目ででんと座らせていたところ、弟は体験談を物語り始めた。

「兄さんは不思議だろうさ」と言う弟。「どうしてこんなに遅くなったのかって。実はとても奇妙な冒険を今日してきたんだ。どう言っていいか言葉も見つからないんだけど。言った通り大事なことだから、昨日の道のりに沿って進んでいったんだ。ちょうど家に引き返そうとしたところで山のもやが出てきて、すっかり迷子になってしまって。長々あたりを歩きつめたよ、現在地もわからずに。するととうとう明かりが見えたから、助けを請おうとそっちへ向かったんだ。ところが近づくにつれて明かりはどこへやら、気づくと自分は洋樫(オーク)の大木のそばにいて。そこで木の枝まで登って、もっとあたりを探しやすくして、見てみると！　なんと、明かりは自分の真下、木の幹のうろのなかにあったんだ。なんだか教会の内側を見下ろしているような気分でさ、そこで葬儀が執り行われていたんだよ。歌声が聞こえてきて、松明（たいまつ）に囲まれた棺（ひつぎ）も見えて、その棺を運んでいるのはみんな——いや、でも！　言ったところで絶対信じてもらえないよ」

兄はぜひ続きをと熱心にうながした。犬たちはおとなしく眠っていたものの、猫のほうは身を起こして、まるで人のように注意深くじっと聞き耳を立てているようだった。兄弟も気づけば猫を目で追っていたが、そのまま弟は話に戻る。

「そのさ」と続ける弟。「自分が今ここに座っているのと同じくらい間違いない。棺と松明のどちらをも抱えていたのは猫なんだよ、しかも棺には王冠と王笏（おうしゃく）のしるしがついていて！」

そこで言葉が途切れた。というのも黒猫が跳び上がり、叫声（きょうせい）を上げたからだ。「おやおや！　ピーターのじいさんが死んだか、ならオレが猫の王様だ！」そのあと煙突を駆け上がったきり、その猫の姿は見えなくなった。

［一八四五年頃ヘレフォードシアの地主が語ったものに基づく］

猫の王様

物語篇

猫のアラビア夜話――グリマルカン王

――抄・一八八一年

アビー・モートン・ディアズ 著

いきさつ

ある晩、子どもたちと年上のお兄さんお姉さんが一緒になって、ゆかいな猫の挿絵を見たり、猫の物語をお話しするなどしていたところ、十歳になる女の子がふと疑問を口にしました。「どうして、猫のアラビア夜話みたいな童話集がないの?」

「うーん作るとしたら、猫の王様とか猫帝、いえ猫スルタンが必要だねえ」と隣にいたお姉さんが言いました。

「じゃあ猫のお妃様、もしくは猫后、猫スルタネスもだ」と言うのは、いとこの船乗りジョーでした。

「そして彼女は、物語をし続けなければいけない……ずっとずっと延々と延々と、どこまでもどこまでも……自分の命を守るために」と、いとこのルシア。

「どうかな」と提案したのは、フレッドおじさんでした。「いとこのルシアがひとつ、ちびっこたちのために『猫のアラビア夜話』を作って、来年の夏みんながご両親と一緒に集まったときに、みんなのまえで読み聞かせられるようにしておくというのは？」

「うわあい！　そうだ！　やってよ！　おねがい！　ぜひぜひ！　やるよね！　やるって言って！」と、子どもたちがざわつきます。

「やってみても面白いかもね」と、いとこのルシアが答えました。「もし、ふしぎなお話やありえない話を入れてもいいって、みんなが言うなら、まあやってみても」

「もちろんだよ」と大声が返ってきます。「何でも入れてよ。好きなだけ何でも！」

いとこのルシアは、それじゃあやってみようかなと言いましたので、こうして夏休みの子どもたち含むみんなは、あらゆる童話集の冒頭と同じく〈むかしむかし〉で始まる一冊の本を手に入れることになったのでした――

猫王グリマルカンとプッシャニータ
または猫のアラビア夜話

昔々、トムモバスという老いた猫の王がおり、狩りに出かけたが、帰ってくるときには致命傷を負っていた。その傷のためにトムモバスは亡くなり、今度は剛力で知られるグリマルカンが王の座を継いだという。

グリマルカン王の毛並みはもちろん、ぬば玉の黒ずくめで、白の毛は一本とてなかった。そうでなければ王には推されなかったであろう。その瞳はやんごとない本物の黄色だった。

このグリマルカン王が即位して最初のお触れは、無慈悲なものであった。猫として生きることが許されるのは、黒色・青色・灰色の毛並みを有するものだけで、白色や黄色の猫、あるいは白や黄の毛が黒以上の比率で混じっている猫も、みな生きることまかりならぬ、という命を下したのである。さらには、まだら具合を見極める判定員までもが任命された。

この命は、明色の毛並みを有する猫たちに、大いなる恐怖を巻き起こした。白一色や黄一色の猫は身を隠したり、遠くへ逃げたりしたし、白や黄の毛が一部入っている猫はあわてて判定員のところへ行って、黒比率を確かめてもらうのだった。

判定員の前に出てきた猫たちのなかに、成獣になったばかりの美猫プッシャニータがいた。じゃれるのが好きで気立ても良かったから、この猫はみんなから愛されていた。ところが残念！　たちまちプッシャニータの黒毛の比率が白毛よりも下回ることが判定員に知られてしまう。そのため多くの人が嘆いたわけだが、グリマルカン王に対して、この美猫だけはと助命の嘆願がなされた。

「助命とな！　二十四のプッシャニータを揃えたとて許すものか！」と王は声を張り上げた。もちろんばかげた仮定であって、プッシャニータが二十四もいるわけなく、十九匹すら集まらない。

とはいえ、このおしとやかで気立てのいい猫は実に愛されていたから、誰も彼もが尻込みして、髪の毛一本にも手を出せない始末であった。これを聞き及んだグリマルカン王は、激怒してその猫をただちに自分の面前へと連れてくるように命じた。そして自ら現場に立ち会って、すぐさまけりをつけると言うのである。かくして美猫プッシャニータは王の前へと引き出された。

その美貌も王の心をほだすことはなかった。むしろ、庭のお気に入りの日向に腰を下ろしているかのように、おしとやかに舌で毛繕いしているさまを目の前で見せられたものだから、王はこれまで以上に大激怒した。

「なにゆえそのような狼藉をなす、愚か者め！」と王は声を荒げる。「貴様はもう余命いくばくもないとわかっているのか？」

「存じております、陛下」と美猫プッシャニータが答える。「しかし、身に一点でも汚れがあってはたまりません。と言いますのも、陛下の目の前にいるわたくしは、ひいひいひいひいひい、さらに二十七回ひいがつく曾孫、かの不幸にして幸福なるピンキーホワイトの子孫に当たるからです。陛下はもちろんピンキーホワイトのことをご存じですね」

「知らぬ」としかつめらしく答える王。「しかし、不幸にして幸福なる、とはどういうことだ？矛盾しておるが」

「不幸と幸福が同時にあったわけではございません」とプッシャニータ。「最初は不幸で、のちに幸福となったのです」

「それがどうした？」と問いただす王。「貴様が不幸にして幸福なるピンキーホワイトのひいひいひいひいひい、さらに二十七回ひいがつく曾孫だとして、そのことが一点の汚れもあってはたまらぬという貴様の癖とどんな関係があるというのだ？」

これに美猫プッシャニータが応じる。「どうか陛下、ここでそのいわれをご説明させていただければ幸甚です。わがひいひいひいひいひい、さらに二十七回ひいがつく曾婆様たるピンキーホワイトがどうして最初は不幸で、なにゆえのちに幸せとなり、ひいてはそのひいひいひいひいひい、さらに二十七回ひいがつく曾孫であるわたくしと今、一点の汚れもあってはたまらないという自身の癖(へき)についてどのような縁(えにし)があるのかを。厚かましいことながら、このいわれを全部申し上げられれば幸いなのですが、そのためにはわたくしに許された余命以上のお時間を頂戴(ちょうだい)せねばなりません」

「よかろう、猶予(ゆうよ)を授ける」と言い出す王。「余(よ)も知りたくてたまらぬ。なにゆえ貴様のひいひいひいひいひい、さらに二十七回ひいがつく曾祖母が不幸で、どうして幸せになったのか、ひいてはそのひいひいひいひいひい、さらに二十七回ひいがつく曾孫であることが、どうして一点の汚れもたまらぬという貴様の癖の所以(ゆえん)になるのかを」

「仰せのままに」とプッシャニータは応じる。「それではお話しいたしましょう、わがひいひいひいひいひい、さらに二十七回ひいがつく曾婆様たるピンキーホワイトの物語を、本人が貴婦人イエロー＝ポウの名高い宴席(えんせき)で命じられて話したままに」

「待て！」と声を張り上げる王。「なにゆえ、貴様のひいひいひいひいひい、さらに二十七回ひいがつく曾祖母のピンキーホワイトは、貴婦人イエロー＝ポウの名高い宴席とやらで物語を命じられたのだ？　そも貴婦人イエロー＝ポウとは何者だ？　どうしてその宴席は名高いのだ？」

「どうか陛下」と答えるプッシャニータ。「ご説明させていただければ幸いです。この貴婦人イエロー＝ポウが何者なのか、どうしてその宴席が名高かったのか、そしてわがひいひいひいひいひい、さらに二十七回ひいがつく曾婆様たるピンキーホワイトがその宴席で物語を命じられた理由についても。しかしながら、このことをみな申し上げられるだけのお時間をもっともっと頂戴することを、陛下にお認めいただかなければなりません」

「ならば始めよ！」と大声を出す王。「貴婦人イエロー＝ポウとその名高い宴席から語り始め、続けてその二十七回ひいがつくとかいう曾祖母の話をするのだ。待ち時間も語る言葉も無駄にすることとまかりならんぞ」

美猫プッシャニータはお辞儀をすると、貴婦人イエロー＝ポウとその名高い宴席から語り始め、その名高い宴席で身の上話をしたピンキーホワイトの物語へとつなげるのであった。

＊＊＊

ここまで語ったところで、美猫プッシャニータはいきなり言葉を切り、グリマルカン王に告げた。「どうかご容赦ください、陛下。ああグリマルカン王よ、陛下はただ、わがひいひいひいひいひい、さらに二十七回ひいがつく曾婆様たるピンキーホワイトのお話をお聴きになりたかっただけなのに、わたくしはその上に、鼻の突き出た犬の黒く短い尻尾とじゃれる白黒まだらの子猫の話や、その者に水難救助された白毛の子猫のお話を語ったばかりか、つむじ風で木から吹き飛ばされたあとベビーベッドで海に出てしまったブラック・ヴェルヴェットのほか、常識のない猫のことまで触れてしまいました——もうこれ以上は申しません」

「もっと語るがよい」とおごそかに言うグリマルカン王。「つむじ風で木から吹き飛ばされたあとベビーベッドで海に出てしまったブラック・ヴェルヴェットの話の行く末を知るまでは、おちおち目をつむって眠ることもできぬ。

海へ打って出るというのにベビーベッドとは奇態（けったい）なことだ。なにゆえ小舟ではない？　桶（おけ）でもない？　ましてや乗船しない？　陸は広いのに、猫は水が苦手というに、いったいなぜ海へ出るのか？　かたやもう一匹の猫には、どうして常識がない？　あやつには常識は必要だ。どの猫にも常識はあってしかるべきだ」

「常識のない猫に常識がなかった理由は、ほんの数語で陛下にお伝えできます」と答えるプッシャニータ。「常識を失ったからです。その原因をお聴きになりますか？　鏡（かがみ）と時計のせいで、とお答えしましょう。

ごく幼いころに、姿見（すがたみ）をのぞいて自分の姿を見てしまい、他の猫がこっちをにらんでいると思い込んで、カッとその猫に跳びかかったところ、ガラスが割れてしまい、恐ろしくなって家じゅうを走り回ったあげく、置き時計の前へ来ると扉が開いていたので内部へ跳び込んだのです。ところが置き時計の扉が閉まって、長いあいだ閉じ込められてしまったものですから、カチカチボーンという時計の物音のせいで、ほとんど頭がおかしくなってしまって、それからは常識がなくなってしまったという次第です。これが常識のない猫が常識を失った経緯でございます」とそのあともプッシャニータは話を続ける。「とはいえ、ブラック・ヴェルヴェットの話を全部しようものなら、つむじ風で木から吹き飛ばされたいきさつや、陸地は広くて猫は水が苦手なのにわざわざ海まで出た理由を語ろうものなら、わたくしの余命以上のお時間が必要となりましょう」

「よかろう、猶予を与えよう」と声を張り上げる王。「続きだ！　すぐに続きを！」

かくして美猫プッシャニータは、すぐさま再開して、貴婦人イエロー＝ポウの名高い宴席でブラック・ヴェルヴェット本人が語った身の上話をするのだった。

＊　＊　＊

「どうかなにとぞ、ご容赦ください、陛下」と美猫プッシャニータが王へと告げる。「扉の開け方を知っていたおかげで全員が助かったり食べものを得られたりした件はまた別の話であり、ブラック・ヴェルヴェットの物語には入っておりません。ああ王よ、陛下がお聴きになりたかったのは、あくまでブラック・ヴェルヴェットのお話。そちらはおしまいとなりましたので、わたくしは口をつぐみましょう」

「口をつぐんではならぬ！」と一喝（いっかつ）するグリマルカン王。「話せ！　あらゆる猫の王としてとりわけ、扉の開け方を知っていたおかげで全員が助かったり食べものを得られたりしたまた別の話は知りたく思う。あらゆる猫の王として、そのような案件は一通りよく知っておらねばならぬ」

「お望みのお話をいたしますには」と返す美猫プッシャニータ。「わたくしの余命以上のお時間が必要となりますが」

「よかろう、猶予を与える」と王。「スノーボールの話したことを遅滞（ちたい）なく語り始めるがよい」

＊＊＊

「何の話と？」と断固たる声で訊ねるグリマルカン王。

「高名なるタビー・ファーパールのお話です」と美猫プッシャニータは答える。「鳥嫌いとなる手立てを見つけ出したタビー・ファーパールは、自分の写真を撮ってもらい、それを額に入れたのです」

「その話を聴きたく思う」と大声を出す王。「話すがよい」

「喜んで、陛下」と返事をする美猫プッシャニータ。「しかしながら、そうするにはわが余命以上のお時間が必要となります」

「よかろう、猶予を授けよう」と応じる王。「トゥイードルダムとトゥイードルディ、さらには高名なるタビー・ファーパールについて聞き及んだことをみな語るがよい」

美猫プッシャニータはお辞儀をしてから、トゥイードルダムとトゥイードルディ、さらには高名なるタビー・ファーパールについて聞き及んだことをみな語り出した。

＊＊＊

「可哀想なことでした」と美猫プッシャニータが、話し終わったところでグリマルカン王に告げる。「われら猫族は鳥好きになるのを自分では止められないのに、世の鳥好きは責め立てられてしまいます。責められて突き落とされ、撃たれ溺れて石を投げられ——九つの命がなければ、生き延びられた猫も多くはなかったはず。とはいえ、けっして多くはありませんが、常識のない猫が貴婦人イエロー＝ポウの名高い宴席で語った話にも出てきたようなことを、その者たちに向かってする猫がいるだなんて」

「それは何の話だ？」とすぐさま訊ねてくるグリマルカン王。

「陛下のお耳に入れるような話ではございません」と答えるプッシャニータ。「常識のないお話ですから」

「ならば余は聴きたいと言おう」と声を張り上げる王。「これ以上、常識のある話など聴きとうない。常識には飽き飽きしておる。むしろ、常識のない猫が貴婦人イエロー＝ポウの名高い宴席で語った話にも出てきたようなこととやらを知りたいぞ」

「陛下、ご理解いただきたいのですが」とプッシャニータ。「おそらくこれは本当の話では――」

「本当の話かどうかなぞ、鼠尾（ねずみのお）ほども気にならんわい」と王は言葉を遮る。「余はその物語を所望（しょもう）する」

「陛下のお望みとあれば、従うほかありません」と答えるプッシャニータ。「しかしながら、陛下も出だしのところで、これが常識のある話でないことにお気づきになるかと存じます」

「そんなことはどうでもいい！」と不機嫌な声の王。「これ以上言うなら――」

美猫プッシャニータはこれ以上の口答えをせず、あわてて二匹のチャコールと四匹のスペックムの物語を始めるのだった。

＊＊＊

「これにて物語はおしまいです、陛下」と告げる美猫プッシャニータ。

「おしまいだと？」と声を張り上げる王。「落ちていないぞ。早く終わりすぎだ。どうして途中で終わる？　ちゃんとした落ちまでたどり着かぬのはなぜだ？　これではまさに、途中で猫の尻尾を挟むようなものだ！」

「それは陛下、常識のある話ではないからです」と答える美猫プッシャニータ。「初めのところで陛下に、常識のない話だから陛下はお気に召さないかもと申し上げたではありませんか」

「いいや常識のない話ならば余は大好きだぞ！」と大声を出すグリマルカン王。「常識のある話など頭痛の種だ。また別の話をせよ。貴様が割愛したあの話だ、ジャンジャンとやらの物語がいい」

「ジャンジボーのことでしょうか、陛下」とプッシャニータ。「何よりも馬鹿げた話でございますよ」

「何よりも馬鹿げた話、それをずっと聴いてみたかったのだ」と王。「話すがよい。しっかりと落ちをつけよ、さもなくば貴様、後悔するぞ」

美猫プッシャニータはお辞儀をしてから、ジャンジボーの物語、それから蛙と鼠のお話を始めた。

＊　＊　＊

「と、これにて物語はおしまいです、陛下」と美猫プッシャニータは告げる。

「よい落ちだ」と言うグリマルカン王。「余好みの話だとわかっておった。これは本当に、何よりも馬鹿げた話であるのか？」

「はい、陛下」と答えるプッシャニータ。「いわば、われら獣族のできる物語のなかで何よりも馬鹿げたものにございます。もちろん、小さな蝌蚪たちが小さな熊鼠たちに話した物語ほど馬鹿げたことではありませんが」

「小さな蝌蚪たちが小さな熊鼠たちに話した物語は、小さな熊鼠たちが小さな蝌蚪たちにした話よりも馬鹿げていたというのか？」と訊ねる王。

「いっそう馬鹿げて」と答えるプッシャニータ。

「ならば話すがよい」と王。

「恐れながら陛下」と返事をするプッシャニータ。「小さな蝌蚪はうじゃうじゃおりますが、わたくしには余命がいくばくもございません」

「ならば貴様はめいっぱい生きるがよい、美しき猫よ！」と王は声を張り上げた。「常識のある話もない話もできる若く美しい語り手の命を、余が奪うとでも？　否だ！　生きよ！　生きて幸せになるがよい！」

「そんな！」と答える美猫プッシャニータ。「わたくしと同じ柄の猫たちがこんなにおおぜい窮地にあるというのに、幸せになれるはずもありません。ああ、どうかあの無慈悲なお触れを取り消してはくださいませんか！　猫族みなの命をどうか！」

「よかろう、取り消す」と王は応じた。「貴様に免じて、猫族みなの命を認めよう」

かくして無慈悲なお触れは取り消された。猫族みなが生きることを許された。〈白色や黄色の猫、あるいは白や黄の毛が黒以上の比率で混じっている猫〉たちもみな、〈黒色・青色・灰色の毛並みを有するもの〉と同じように、プッシャニータのおかげで生きることを認められたのだ。

「はい、フレッドおじさん、童話集『猫のアラビア夜話』のできあがり」と、いとこのルシアが言いました。「次の夏、子どもたちがご両親と一緒にやってきても、これでばっちり。わたしがこの本を書きながら笑ったように、みんなも聴きながら大笑いしてくれるといいな」

STORIES·FROM·
THE·LIFE·OF·
CRIMALKIN·THE·CAT

猫王グリマルキン伝より

——『モフモフ民の伝記集』収録・一九一〇年

モード・D・ハヴィランド 著
エドマンド・カルドウェル 画

第一章　初めての獲物狩り

かつては馬小屋の屋根裏には干し草の置き場があったものだが、そこに猫が住み着くこともあった。そうした野良猫があるとき一時に何匹も子猫を産んだものの、そのことが知れると、ただちに殺処分が命じられ、正午前には小ぶりな灰色の死骸（しがい）が三匹ぶん、馬の水飲み用の溜め池に浮かぶこととなった。この物語で扱うのはその四匹目の、ただ一匹生き残った子猫である。この子猫は確かに水に沈められたのだが、ちょうどそこへ炊事女（すいじ）が通りがかって、あとあと厨房（ちゅうぼう）の鼠（ねずみ）駆除に役立つからと命乞いをしたのだ。庭師も「こいつら野良猫にゃあ、驢馬（ろば）くれえでかい悪魔が潜（ひそ）んどって、ひっきりなしに暴れ回んぞ」と止めはしたのだが。とはいえ、幼いころのグリマルキンには、そんな悪魔が取り憑（つ）いた気配はなかった。妙におとなしい子猫であった。おそらくは間一髪救われたことが気性に表れたのだろうか、日々目の前に置かれた食べ残しを喰（くら）っては寝て、炊事女やその手伝いのぴょんぴょん走り回る足のあいだをぬって過ごすのだった。そういうわけだから、十数日のあいだ、その猫の目に見える世界といえば、厨房という閉鎖空間と、その裏手の小庭（隅（すみ）に灰捨て場がある裏庭）に限られていたのだが——猫にとっては楽園（エリュシオン）に思えたことだろう。その裏庭は高い塀（へい）に囲まれ、木の扉で外界と隔てられていたから、その時分のグリマルキンには、その先に何があるのかちらりとしか見えなかった。

塀の一角に月桂樹（げっけいじゅ）が垂れ下がるように茂っていて、ここで雀（すずめ）たちが日がな一日おしゃべりに興じているのだが時折、塀のてっぺんをそろそろと伝って庭へ跳び降りてくるしなやかな黒い影があった。こやつこそ、農場の鼠捕り猫たるサー・チャールズで、中世の騎士のごとき名を持ちながら、不審者にして狼藉者（ろうぜきもの）、生粋の海賊のような御仁（ごじん）だった。その生活の半分が厨房の残飯あさりと日向ぼっこで、残りの時間は――どこで何をしているのか、グリマルキンにはわからなかった。きっとノックデーン荘の穴埋め師であるパディ・マグラーなら、そのつややかな黒猫が生け垣沿いをこっそり歩いたり、兎の巣穴のそばで〈待ち伏せ〉などしている姿を何度も見たと教えてくれたことだろう。

　グリマルキンの瞳が子猫らしい生来の水色から成獣の黄色へと変わるころ、サー・チャールズが三週間の森林生活から帰ってきた。毛並みはつやつや、顔も満ち足りた表情で、しばらくよろしくやっていたことが見て取れた。霧深い静かな一日が終わり、初秋の夕暮れ時となっていた。そのとき塀そばの灰捨て場に身を伏せていたのがサー・チャールズだ。グリマルキンのほうは食器室の階段から、そいつが舌なめしたあと前足を耳裏へ器用に回して、すすけた毛並みを巧みになでつけるさまを、へえと感心しながらながめていた。ところがいきなり毛づくろいをやめ、そいつは尻尾を軽く振りながら塀の根元あたりをにらみつける。グリマルキンが視線の先を追うと、敷石のあたりを動く灰色の小さな点が見えた。黒猫のあいつが跳び出す――ぴょんぴょんと行って戻ってくる軽やかな二回跳びだった――そのあと何かを口にくわえたまま庭をさっと横切った。それを敷石の上に落とした黒猫は、相手が隠れようとちょろちょろ動くのをながめながらも、隠れきる前に追いかけては前足で殴りつけた。それからは、困り果てたのか相手は無駄にぐるぐる円を描いて走り出し、手の届かないところに出たかと思うと庭の中へと連れ戻されるのを繰り返した。するうち、ふと向こうにもグリマルキンの姿が目に入る。こちらも近くで丸まって、鳩(はと)よろしく丸い目をして、このどこまでも惹(ひ)きつけられる遊びをながめていたのだ。先輩が肩越しに低い声でうなったので、子猫はあわてて戸の柱の陰(かげ)にちぢこまった。なのに数分もしないうちに、こちらからまた顔を出して、目をこらしてのぞきこむのだった。それもそのはず、生まれて初めてグリマルキンは、同類の猫が〈獲物〉とじゃれ回る命の遊びを目の当たりにしたのだから。とうとう灰色の小動物はもう走り回らなくなって、ぐったり倒れたままあえいでいるので、捕まえた側も前足でつつくが、もはや逃げる気力もないようだった。黒猫は後ろ足で立って大あくび――遊びの終わりだ。相手が熊鼠(くまねずみ)か二十日鼠(はつかねずみ)なら、早速殺してごちそうになったところだが――もっと小型の尖鼠(とがりねずみ)だった。サー・チャールズは狩りの経験も長く、遠い昔に初めて兎を仕留めてからというもの、尖鼠のような小物は食べない主義だった。そこで獲物は倒れるままにして、その場を去ってゆく。一方で向こうが背を向けるや、グリマルキンはさっと庭を横切って、気をつけながら近づいていく。こちとらこれまで動物には、猫と人間と蜚蠊(ごきぶり)の三種しかいないと思い込んでいた。こいつは明らかに第四の生き物だった。蜚蠊に比べて多少大きいくらいだが、錆色(さびいろ)ではなく灰色で、毛並みも自分と同じくふわふわだからだ。

そろりと前足で触ってみたが、びくともしなかった。がっかりするグリマルキン。走り回ってもがく相手が見たかったのに、もう動かない。とはいえ何かしら不思議と惹きつけられるところがあって、こちらも意識せずぴょんぴょんと死骸(しがい)のあたりを跳ね回りだして、あの猫先輩がやった真似をしてみた。前足で引き寄せたり、頭上に投げてみたり、続いて自分も跳んだり、振り回してみたりしたが、相手は鼻がわずかにひくひくし、前足がぴくぴくするだけだった。そろそろ外も暗くなってきて、炊事女が子猫を探しに出てきた。この女は、猫なら年齢にかかわらず鼠を追い払える魔力を必ず持っているのだと思い込んでいた。グリマルキンは生まれて初めて、この女に向き直ってシャーッとうなった。自分のお宝を掠め取ろうという気を起こさせないためだ。そうして獲物をくわえて厨房に駆け込み、食器棚(だな)の下に逃げ込むのだった。

「おお、ようやく鼠を捕まえよったか」と言う炊事女は喜色満面で、明かりを消し、炉の火も落として、部屋を出て外から戸の鍵をかける。グリマルキンはそのあと鼠を抱えながら炉辺のほうへそろりと近寄る。いつも夜のあいだは平穏に安眠ができた。厨房に動きはなかったし、毛氈(フェルト)の履(は)き物でずんと尻尾を踏まれる心配もなかったからだ。だというのにその夜は眠れなくて、腰を下ろしたまま、白い灰の山の残り火がゆるやかに消えていくのをただ見つめていた。やがて燃えがらが音を立てて崩れると、それが蜚蠊の出てくる合図だ。物陰を行き来する蜚蠊は、残り火の赤に照らされると翅が銅色にきらめく。グリマルキンもよく蜚蠊を捕らえて食べたものだが、今夜は見向きもせずに、部屋じゅうをせわしなく歩き回る。壁沿いにぐるりと一周したあと、また炉辺に戻ってきた。鼠は置いたところにそのまま倒れていて、毛並みのあいだに真っ赤な粒が出てきている。そうろっとグリマルキンは舌でその赤に触れた。口のなかにほんのり温かくもしょっぱい味がしてくる――これまで知らなかった味だ――新鮮な血の味だった。たじろいて舌なめずり。ふとこの動かない小動物のことが恐ろしくなったが、それでも血の味が度数の高い葡萄酒みたく頭にのぼってくる。いまだに蜚蠊が炉辺のあたりを走り回っていたが、一顧だにしない。ぼんやりとした言い表しようのない、何かへ焦がれるような気持ちだ。寒けでも空腹でもなく、喉の渇きでも痛みでもない、落ち着かない気分。血の味がこの形にならない妙な衝動を呼び覚ましたのだとは、今のグリマルキンにはわからない。それでもそれこそが事実で、呼び起こされた本能のために、もはや室内ではもう一晩たりとも過ごしてはいられなくなる。

窓の鎧戸はうっかり留め金を差し忘れられていたから、いきなりのすきま風が吹き込んできた。開け放たれた鎧戸の下半分から夜風に乗って、木々のざわめきと塀に茂る月桂樹のそよぐ音が運ばれてくる――この月桂樹の茂みが庭から森へと渡る橋になっていて、ここから何世代にもわたる猫たちが狩りに出かけ続けたのだ。

頭上は曇り空であったが、ちらほらと霞がかった星々も見える。南風にさらされて大気はじっとりと蒸している。大きな蛾がひらひらと、蝙蝠がくるくると飛び交っていた。梣の木からは折々葉が落ち、そのたびに足踏みのような音がしている。森は家屋の戸からすぐそこのところまで来ている。グリマルキンが耳を澄ますと、ほど近いところから兎の悲鳴が聞こえてきたので、思わず自分のひげがこわばり、尻尾もびくんとした。水車用の堰に当たった川の水音が夜風に運ばれてくるが、大きくなったり小さくなったりしている。グリマルキンはかろうじて聞き取れるくらいの鳴き声で叫ぶ。〈夜の衝動〉だ。野生であれ、家飼いであれ、あらゆる動物を惹きつけてやまないその不思議な魔力に、この猫は囚われたのだ。小屋のそばで犬が夜通し遠吠えをしているのを聞いたことがあるだろう――従ってはいけない〈夜の衝動〉が、その犬の心に重くのしかかっているわけだ。夜が来ると、煖炉のそばでまどろんで喉をごろごろ鳴らしていた斑猫も起き上がって、冷える野外の闇へとこっそり抜け出ていく。たえず変わらぬことである。確かに野生動物は人間に連れ出され手なずけられ、労働力や愛護の対象になってきたが、ごくまれに森に呼ばれることもある――自分たちの父祖が生まれ

て狩りをし、死地とした森に——呼ばれたものは出かけてゆく。自由な空の下、人間に囲まれて一匹で多大な時間を過ごしてきた動物もまた、〈夜の衝動〉を感じると従ってしまう。

夜の澄んだ甘い香りが、グリマルキンよ来いと招く。自分を駆り立てるこの魔力の正体は、まったくわからない。何百何千年にもわたって、祖先の猫たちが起きて夜の狩りに出かけてきた時間なのだということも、知るよしがない。それでも何としても闇のなかへと跳び出て、

庭の塀を越えて奥の森へと分け入らないといけないことだけはわかっていた。森は、躍動する広大な静寂（しじま）で夜を満たしている。森こそが受け継がれしものなのだ。やぶや林からやってきた自分だから、またそこへと戻るのだろう。背後には明かりの消えた厨房があり、残り火に照らされた鼠の死骸——自分の初めての狩りの獲物があった。自分の目の前には森と夜がある。グリマルキンは窓台に足をかけてしばらく身構えたが、やがて〈夜の衝動〉の呼び声が再び来ると、跳躍（ちょうやく）した。

第二章　忍び寄る死

　九月には昼と夜の長さが等しくなる。さわやかで落ち着いた日中、森の陰には青いもやがかかっているが、夜になると東の山々を大きな月がぐるりとめぐり、谷あいの霧を一面の銀箔に変える。

　あたたかい夜には一晩じゅうノックデーンの森へ出てきて歩き回るのが、モフモフ民である。人間は〈大白館〉で寝静まるので邪魔者もいないからだ。夜の森では人には想像も及ばぬ不思議なことが起こる。ノックデーンにおける最上級の不思議といえば、あの〈忍び寄る死〉との相打ちをねらった猫のグリマルキンがまんまと生還したという話がある。

　何ヶ月ものあいだグリマルキンは二重生活を送っていて、昼間にはそれなりに〈大白館〉で過ごしつつ、夜には森へとふらふら入っていくのが常だった。やがて力が付き、頭も冴えてくると、人家に寄りつくのも少なく短くなり、留守が何日も何週間も続くようになった。生きのいい兎が野外にいる初夏に、わざわざ炉辺に留まる猫はなく、半野生の血を祖先から受け継いでいるならなおさらだ。森番たちもグリマルキンの存在に気づき始め、嫌がるようになる。確かに存在感じゅうぶんで――灰色の縞がある大型の猫だから、兎の成獣でも引きずり下ろせる力があり、銃持ちの森番と自分も含めた密猟者を見分けられる冴えた頭もあった。
人間の狩人にはきわめて好都合に思えても、モフモフ民が外に出てこない夜がある。一方で、狩る側も狩られる側も大挙して出没する夜もあり、そんな晩は〈狩人の夜〉として森界隈では知られている。そのような夜がちょうどノックデーンに訪れていた。あたたかな空気だが風がかすかに吹いている。葉が一枚一枚と抜き足差し足のようなざわめきとともに、落ち葉をふわりと積んでいく。白く大きな蛾が何匹も蔦の花をぐるりと飛び回り、開けたところでは蝙蝠が旋回している。月の昇りが早いので、残照もなくなる頃には位置も空高く、〈虚ろの野〉に長い月影を落としていた。

森を足早に抜けていくグリマルキンは、下向きの尻尾を軽く左右に振っており、はっきりとした行き先があるようだった。地面の小枝がぱきりと音を立てたり、葉のがさこそで獲物の気配が感じられると、そのたびに片方の前足を上げたまま立ち止まり、緑に目を光らせる。森と〈虚ろの野〉を隔てる柵は、人の腕ほどの太さの山査子が伐られるころには、もう劣化してぼろぼろで、その根元部分はどの方向も兎にかじられていた。しかも野の内側、柵の下には長い草がぼうぼうで、通り抜けられる抜け道だらけだった。そこに難なく潜んで、生きのいい兎が間合いに跳び込んできたら、数歩そっと近寄って――ぴょん――と仕留める。草のあいだに滑り込んだグリマルキンは、そのおかげで背中の縞模様も紛れる寸法だ。

月は昼みたいな明るさだった。柵の奥では兎六羽が食事をしていたが、野の反対側には山毛欅の林があるから深い木陰になっている。すぐそばの草むらから騒がしい物音が聞こえるが、落ちた山毛欅の実を前に野鼠たちがどうやら揉めているらしい。しかしながらグリマルキンは片耳だけを立てて、片前足をぴたりと胸に当てている。狩人の夜だから、もっと上物をと待ちかまえているのだ。

　長い時が過ぎた。やがてその兎の一羽が身を起こして不安げに地面を蹴ったが、そのほかはまだ聞き耳を立てている。野を抜けて一群のほうへ、別の兎が一羽駆けてくる。薊をよけながら進む兎は、時折止まっては鼻をひくひくさせる。急いでいるふしはなく、先の一群にもまったく気づいていないようだった。ほかの兎たちは怪訝そうに足踏みしてから散っていく――この兎の走り方にはどこか妙なものがあった。そのまままっすぐグリマルキンのほうへ向かってくるが、そのぎょろりとした瞳は後ろを見ており、手足の動きはぎこちない。身を引き締めるグリマルキン。兎がぴょんとこちらから三歩圏内に入ってきたので、とっさにこちらから跳びかかる。兎はわめいて、もがきあえいだ。しなやかで美しくも残酷なグリマルキンは、上から跳び乗って、とどめの一撃を加える。猫なる獣がいつも瀕死の獲物に仕掛けるというあの命の遊びを始めるまでもなかった。ところがふと耳をそばだてると、草むらのざわめきがあったのでその動きを止める。耳がとらえたのは、においで獲物を追う狩人が手近に新鮮な血をかぎ取ったときの、かすかながらも聞き間違えのない物音だ。兎のほうへとこっそり忍び寄ってくるのは黒い影で、くんくんしながら跡をたどってくる。山鼬のキーンだ。獲物は必ず仕留め、その行く道を横切った獣には災いが訪れる。殺しを楽しむために狩ることから、森では〈忍び寄る死〉の二つ名がささやかれている。立ち止まった山鼬は、目の前にある兎の死骸と、その上に足を置く猫のつぶらな瞳のうちの邪悪な光に気がつく。山鼬はキーッと一度声を上げ、そして――外れた時計のバネ棒のように――自分の敵へと躍りかかった。もしその牙が狙い通りに刺さっていたら――首の大動脈にぐさり――グリマルキンはただちに兎のかたわらに横たわっていただろう。しかし押さえ込みが甘かったため、ズレて肩へと入り、蛭のようにそこへ食いつくこととなった。熱い血がしたたり落ちるのを感じたグリマルキンは恐れと怒りで我を失いながら、自分の首元にしがみついてくるしつこい〈死〉に対して、死にものぐるいでぶん殴り嚙みついた。こんな闘い方をしてくる敵に出会ったのは初めてだった。こちらの爪が山鼬の脇腹を引き裂く。悲鳴を上げながらキーンは嚙みつく先を肩から喉へと移して、グリマルキンを半ば首絞めする格好になった。場所を変えながらも乱戦は続き、猫は反撃して唾吐きながらも身もだえし、山鼬のほうはそんなふうに殴られ引っかかれ突かれながらも、そのあいだずっと牙を相手の肉にどんどん深くうずめていくのだった。キーンの仕掛ける死はゆるやかながらも実に確度が高い。犬なら喉を咥え

て振り回し、猫なら獲物を切り裂くが、山鼬のやり方は、相手がもがいても屈し果てるまで静かに生き血を吸うことなのだ。喉元の小さな刺し傷が四つあれば、生気を吸い尽くしてしまえる。

　こんな情勢の闘いは長続きしようがない。もう大猫はへとへとで——失血と首にかかる荷重で弱り切っていた。疲労困憊のままもがき、その爪は弱々しく敵を引き裂いたものの、もう半眼で舌もだらんと出ていた。勝機を悟ったキーンは一瞬だけ口をゆるめ、本能で相手の耳裏にある大動脈をぐっと捉えようとした。だがその一瞬が命取りだった。新たな刺し傷のおかげで朦朧状態から目が覚めたグリマルキンは、突如として身を震わせながら力を取り戻す。油断していた敵は脇腹ががら空きだった。とっさにグリマルキンはその脇腹へと歯を食い込ませる。容赦なく噛み続けると、そのねじれる細身からは生気が絞り出され、とうとう相手は痙攣も鼓動も止めて、力なく垂れ下がった。それから脇へと投げ出されたキーンは、その白い胸を緋色に染めたまま、兎の死骸とともに草の上へとぐったり並ぶのだった。

　グリマルキンはその場に留まって自分の倒した相手をまじまじと見たりはしなかった。勝ち誇っている時間もなかった。むしろ生き血が大量に失われて、妙な疲労感と脱力感があった。柵の茂みのところまで這っていき、かつての隠れ家のひとつ、兎の捨て巣穴を探し当てた。枯れ葉が入り込んでおり、水気もなく安全だった。ここでグリマルキンは横になって、傷の手当てをしたが、やがて太陽の光が柵の側面を照らし、草むらに見える灰と茶の点々のあいだを飛び交う蝿(はえ)の羽音がして、はっとした。自分は空腹で、再び森へ狩りに出なければならないのだと。

第三章　おしゃれな首輪つき

　ノックデーンの北側は下り坂になっていて、その先に小さな谷あいがあるのだが、その両斜面には蔦とかぐわしい連銭草が垂れ下がり、夏至の日に高く昇った太陽でもその南側を照らせないほど深くなっている。谷の表面は石灰岩で覆われていて、その頂点付近に一本のねじれた野林檎の木が立っていた。そしてその根元に広間として使える水気のない空間があり、流れ込んだり持ち運ばれたりした枯れ葉が敷いてある。この〈野林檎の穴〉は、この木が毎年しわしわの果を実らせるようになって以来、モフモフ民が好んで用いる場となった。巣穴として使う者もあれば、子育て部屋として用いる者もあったが、おおぜいにとってはひとつの聖域だった。グリマルキンは第一の用途に用い、十一月の末に自宅とした。

　一月より早くノックデーンに雪や霜が降りることはそうそうない。年の瀬の気候は穏やかながらも湿気が高く、雨が容赦なく降り注いで地面がぬかるみ、繁茂するものといえば苔から生えた緋や橙の原茸だけだ。十二月半ばのある朝、グリマルキンはノックデーン北部にある茨の茂みまで狩りに出かけた。付近一帯には念入りにつながった獣道が走っており、その地理を正確に把握しているのは兎族のみだ。むわっとした霧が森じゅうに立ちこめ、それが大きなしずくとなって葉や小枝のひとつひとつに垂れていって、果てはこれ以上水は含めないじゅくじゅくの地面に滴り落ちていく。実のところ水浸しという点では――大地と大気のどちらが上なのか、判断しかねるほどだった。同族の例に漏れず濡れたくないグリマルキンは、耳に水が落ちてくると我慢ならないとばかりに首を振った。茨のあたりは空気もじめじめと重く、そのせいで匂いもほとんど感じられず、ほのかな兎の香りが鼻のところに漂ってきてようやく、ついたばかりの臭跡に気づく有様だった。そのため脇道を曲がっていきなり、見たこともない素晴らしい穴兎と鉢合わせることとなった。相手は図体も大きく灰色の毛並みだったが、いちばん不思議だったのが、首まわりにぐるり一周している太い白の帯で、これが胸の前で三角状にとがっていた。伏せの状態で兎は耳もぺたんと倒して半眼になっている。その姿勢だとおかしな首輪みたいな毛がファッションとしてもかなり妙に目立つので、何だこいつはとグリマルキンも立ち止まった。すると、さっと相手の目に恐怖の色が宿り――耳もぴんと跳ね上がったので、グリマルキンがびっくりして全身をこわばらせたその瞬間、その妙な兎は〈体勢〉を崩して回れ右して駆け出したのである。グリマルキンもとっさに跳び出したが、さすがは経験豊富な狩人、追いかけっこにはあえて持ち込まない。そしてその一瞬のあいだに、相手の尻尾はいわゆる穴兎らしい元気がなく、野兎のようにしょんぼりしていると見抜く余裕さえあった。

それがグリマルキンと、ノックデーン北側に住む〈おしゃれな首輪つき（カラード・バック）〉との初対面であった。滅亡したインカのごとく、この〈おしゃれな首輪つき〉はその一族唯一の生き残りだった。数年前、森の外側にある垣根のあたりに、首まわりの毛が白い穴兎の一族が揃って定住していたのだが、その見た目があだとなって狐（きつね）や山羊（やぎ）に狙われて次々と狩られ、この冬に唯一の生き残りがノックデーンにひっそりと隠れるように住み着いたのだ。グリマルキンのいる谷あいからして、ちょうど上あたりに生えている接骨木（にわとこ）の茂みに、その本住まいたる巣穴があったものの、ノックデーン各地の巣穴とだいたい同じで、よく水浸しになってしまうため、否応なく森のなかで〈寝泊まり〉を強いられていたわけである。早朝も早朝、月の入りの直後にこの兎は、踏み慣らされた獣道を通って羊の野に出て、餌を食べるのだが、日の出前の黄道光が出たとたんに森へと戻り、羊歯（しだ）や蕨（わらび）が小さく生い茂るあちらこちらに潜んで、〈伏せの姿勢〉で日中をやり過ごす。猫のグリマルキンは、うまくいく見込みのないまま兎を追いかけて、時間を浪費するなんてことはしない。〈おしゃれな首輪つき〉がついさきほど通ったことを思わせる手がかりに出くわすこともよくあったが、わざわざ進路を変えて追いかけることはしなかった。時には実際に星明かりのなか、開けたところを小走りに通り過ぎるこの相手の姿をちらりと目撃したり、退路をじっと見つめながら餌を食べているところを見つけたりしたこともあった。とはいえ、この兎は見事な体毛と並んで頭の回転も素晴らしく、すぐにグリマルキンもそのことを思い知ることになった。

　空気がひやりとするある一月の日、グリマルキンが山毛欅（ぶな）の大木の根のあいだで日向ぼっこをしていると、いきなり〈バン！　バン！〉という音が響いた。それで森に人が入ってきたこと、殺意を抱いて森にいることを悟ったわけだが、グリマルキンはそこらのモフモフ民に比べると、人間への恐怖心が薄いかわりに敵対心がかなり強かった。それは幼少期に厨房で過ごしたおかげで、人間への印象がこびりついているからだが、一方で人の認識範囲にも限界があるから、その場でじっとしていれば、そこそこ安全だということもわかっていた。

銃声がだんだんと近づいてくると、とたんにつがいの懸巣（かけす）が頭上を飛んで、聞こえる限りの鳥たちみんなにそろそろ逃げろと鳴き声で知らせた。山毛欅の木の前には、まばらに生えた林があり、地面にも羊歯や蕨が茂っていた。やがて猟銃を手にした一団が、目につきにくい場所から現れて、ゆっくりと林間の開けた場所を進んでいく。見晴らしのいいところからグリマルキンが目を細めると、〈伏せの状態〉だった兎が次から次へと跳びだしてきては、勢いよく宙を舞い、そのままどさりと落ちてぴくぴくするのが見えた。山毛欅の木のすぐ下には、こんもりした茨の茂みがあり、そこを分割するようにいくつも道や開けた場所がある。人間の男たちは下にいるが、グリマルキンはいわゆる鳥瞰（ちょうかん）でその近辺をながめていた。すると銃を持った連中がそこの茂みにさしかかる直前、一羽の兎が獣道から現れた。首回りの毛が白いので、〈おしゃれな首輪つき〉にちがいない。野兎のようなおかしな尻尾で身を起こしながら、茂みの隙間(すきま)から付近をうかがっていたのだ。ちょうどそのときまた銃声が響き、そばにいた運の悪い兎が羊歯のあいだでもがきうめいた。〈おしゃれな首輪つき〉は意を決して——その場で力を抜き、背を丸めてじっと伏せた。猟銃の連中が近づいてきて、茂みをがさがさ揺さぶり始めたが、兎のほうはひげをぴくりともさせなかったので、そのままであれば気づかれなかったことだろう。ところが、一人の男が草のなかで目立つ白の首毛を見つけてしまい、死んだ兎だと思って歩み寄って抱え上げようとしたのである。〈首輪つき〉は、差し出された手が触れるまでは石のごとく動かなかったのだが、もうだめだと悟ったとたん、横っ跳びをしてがむしゃらに逃げ出した。バン！　バン！　バン！　並ぶ猟銃のなかをかいくぐったので、通り際にはそれぞれに発砲されたものの、銃弾はあたりの茂みから小枝をこそぎ採(と)るだけで、無傷のまま兎は駆けていった。銃声のやんだところで兎は立ち止まって、それからこっそりと警戒しながら、手近な巣穴に潜り込んだ。猟銃の一団は失敗したあげく無駄撃ちに終わったわけだ。

このあとは日柄もよく暖かくなったので、兎たちもよく巣穴から出て日向ぼっこをしていた。〈おしゃれな首輪つき〉が谷の上にある穴から出て、乾いた葉の上に足を伸ばし、眼を

ぱちぱちと気持ちよく日向ぼっこしているさまを目にしたことが、グリマルキンには三度あった。その機をねらってこの獲物に忍び寄ろうとしたこともグリマルキンには三度あったし、〈首輪つき〉が危険を察知して、相手を馬鹿にするかのようにゆっくりと穴の中へ跳び込んだことも三度あった。〈おしゃれな首輪つき〉を出し抜きたいという気持ちに、グリマルキンは次第に取り憑かれていった。頑張ってグリマルキンは何時間も巣穴の口を見張ったりしたが、成果はなかった。首まわりの白い毛をちらりと見かけることは何度もあったし、茂みに跳び込む〈首輪つき〉の姿も目にしたけれども、そのときにあえて追いかけたりしなかったのは、追いかけっこでは兎にかなわないこと、そして狩りの腕前は脚力よりも忍耐力にあることを重々承知だったからだ。だからこそ〈おしゃれな首輪つき〉は夜な夜な野原で餌を食べつつ、あろうことか柳(やなぎ)の古木に歯形を刻んだのだ。この木は春になると牡の兎たちの逢い引きの場になっていて、めいめいが自分の歯形を残すところだった。

初秋のころはグリマルキンももっぱら山毛欅の実を採りに来た栗鼠(りす)を主食にしていたが、季節がめぐると、うるさいお節介焼きで栗鼠のなかでもそこそこ頭が回るクーチーが警戒しだして、隠れ穴で縞々の尻尾をぴくぴくさせているのに感づいては、木を小走りで駆け上がっていくようになってしまった。それからというもの、グリマルキンの主食は鶫(つぐみ)となった。山査子(さんざし)の実が熟すと、宿木鶫(やどりぎつぐみ)や脇赤鶫(わきあかつぐみ)・黒歌鳥(くろうたどり)の群れが寄り集まって、真っ赤な実をもぎ取り、田園一帯に喰い散らかす。このときのバリバサ民の貪欲な大喰いは、先のことを考えないありさまで、そのあとおなかいっぱいで眠くなった鳥たちが大挙してロックデーンへ一休みしにくる。だから日が暮れるとグリマルキンは、うとうとした鳥たちが降りてきた茂みに下から忍び寄っては、その餌食にしてきたわけだ。なかでも脇赤鶫がお気に入りの獲物で、気づかれずに殴り倒せる確率も高かったからだ。かたや歌鶫や黒歌鳥には跳びかかっても仕留め損なうことがあり、そのことはとたんに森じゅうの知ることとなった。夜闇のなか絡み合う月桂樹の茎のあいだをこっそり進むグリマルキンはたびたび、自分以外にも野外に出てきている狩人がいると感づくことがあった。月に雲がかかると時々、黒歌鳥がうめくような鳴き声を出して、たちまち丘じゅうが大騒ぎとなり、その声の聞こえる範囲にいたあらゆる鳥が方々に飛び出していくこともあった。そうなると数分間はとんでもない混乱が続き、やがて鳥たちも別の林へと落ち着くわけだが、そうするとぺたぺたという足音が聞こえてきて、あの狐もまたその夜は同じように狩りをしているのだとわかる。

ある日の宵、グリマルキンは森のへりへと遠出して歩き回っていた。すぐ目の前にやぶをまっすぐ突き抜けていく深い排水溝があり、その先は野原に通じていた。この溝はモフモフ民みなのお気に入りの道で、底の泥はおおぜいの足で踏み固められていたが、それこそ穴熊の広めの足から鼠の小さな足までいろいろの足跡があった。この後者をねらってグリマルキンは羊歯の根の下で待ち伏せしていた。食べ物が不足していたせいで、鼠もほかの森の民とともに、巣穴から遠く離れたところにある枯れかけの山毛欅の実を食べに来るしかなかったのだ。月桂樹の木陰で夜を明かしている黒歌鳥はなにやら大声で言い争っていたが、その喧噪のなかでもグリマルキンは遠くからやってくるちょこちょことした足音を聞き取っていた。鍛えられた聴覚のおかげで、たちまち走ってくる兎の足音だと感づいたが、そのすぐ後ろから素早く追いかけてくるざわめきも聞こえてくる。猫のグリマルキンには狐も犬も怖くなかったし、小動物たちみなに恐れられているから、向こうから避けてくれるものだ。だからこそ、ちらっと目をやって、緊急避難にちょうどいい木の位置を確かめた上で、その場にじっととどまる。やぶがいきなりばさりと割れて、〈おしゃれな首輪つき〉が跳び出てきた。耳はぺたんとたたまれ、白目をむいて、背後をうかがっている。矢のごとく一直線に排水溝を目指すものの、溝まであと少しというところでグリマルキンの姿を認め、それと同時に狐の〈赤足〉も後を追いかけて跳んでくる。〈おしゃれな首輪つき〉は自分がはめられたことを悟った。地面を蹴ったときには向かいの坂まで三メートルもあったので、勢い余って排水溝に突っ込んでしまう。と同時に、猫の爪が襲いかかってきて、脇腹がざっくり切れたのだが、その痛みのせいでかえってさらなる力がわいたようだった。とっさに足の向きを変えて、排水溝の奥へと進んでそのまま向こうの野原へと出て行った。グリマルキンも枯れ葉の散らばる溝の泥底へと降り立ったが、ちょうど一メートルほど先に狐の鼻先があった。坂を背にした相手は、目もゆがんでいて、その息も威嚇(いかく)するかのようだ。狐はぴたりと動きを止め、両者が目を見合わせた。二十回は呼吸ができるほどの時間が流れた。すると狐はばつが悪そうに目を伏せる。この狭い溝で、大猫のするどい曲がり爪に立ち向かうほどの蛮勇(ばんゆう)はなかったので、慎重に後ずさりして攻撃の間合いの外に出てから、やぶへと跳び込んだ。

グリマルキンはその夜は鼠一匹と鳥一羽を捕まえて、夜明けに隠れ家へと戻った。泥だらけになった毛並みをなめて乾かし、それからおなかを満たして、数日ぶりに気を楽にして過ごした。独り言のように小声で歌うと、穴の入り口にある蔦のあたりにいた小鼠たちは、びくついて隠れてしまった。やがて猫の歌声も静かになり、グリマルキンは地面に映る薄明かりをじっとながめながら、やぶの底にある排水溝のことを思い出して、かすかにうなるのだった。その夜は夢を見ながら――モフモフ民は夢を見ることが多いのだが――まるで獲物を殴り殺すかのように、自分の爪をなめらかに動かした。

そののち、グリマルキンはやぶの底にある溝を二晩のあいだ見張ったが、用心深い〈おしゃれな首輪つき〉は別の道から餌を食べに出たようだった。三日目の宵(よい)、再びやってきたグ

リマルキンだったが、風が吹いたために相手の現れそうな時間には近づけなかった。こうしたことが一度二度あったので、じめじめした溝で成果の出ない待ち伏せをするのも嫌になって、別の策を練ることにした。

一月のある夜、穴から出てきたグリマルキンは、谷を横切って反対側の坂を登った。林の下は闇だったが、影のなかに白いものがうっすら見えたので、それを追いかけると古木の下にある巣穴の入り口にたどり着いた。かなり念入りにその場のにおいを嗅いだ。運がいい。〈首輪つき〉はまだ中にいる。グリマルキンは攻撃の間合いが届くところに伏せて、すぐに殴れるよう前足を前に突き出したまま待った。

一時間が過ぎた――巣穴から物音がして、〈おしゃれな首輪つき〉が忍び足で出てくる。その首まわりの白い毛が星明かりでも目印になった。相手はちょっとした動きも素早いので、グリマルキンはさっと六歩近づいて跳びかかったのだが、そのあいだに大兎はとっさに警戒態勢をとった。二匹は一体となって転がり、虎対鹿よろしくグリマルキンも獲物を押さえつける。ところが恐怖で死にものぐるいの相手のもがきながら放った命がけの一蹴りが、グリマルキンの鼻先に直撃する。よろめきながらグリマルキンは、自分の爪のあいだから相手の兎がすり抜けるのがわかった。古木の林を跳び抜けていく〈おしゃれな首輪つき〉は、走りながらも警戒態勢を解かず、果てにはその跳ねる白混じりの姿がやぶのなかへと消えていった。立ち上がったグリマルキンは、顔についた血をぬぐった。またしても一本取られたことを痛感するのだった。

　その一時間後、グリマルキンが羊の野への歩きやすい獣道を進んでいると、夜明けが近づくなかで小粒の雨が降り始めた。そして羊歯の茂みのなかの道を進んでいき、角を曲がったところで、草むらに一羽の兎がいるのを見つける。巧みに忍び寄り、近くの死角から再び目を向ける。間違いなく相手は〈おしゃれな首輪つき〉だった。日向ぼっこでもするかのように、うつぶせで横になっていて、どうやら危機にも気づいていない。いや、そもそも雨なのに日向ぼっことは？　不安に駆られるグリマルキン。モフモフ民は普段と異なることを恐れる。それでも空腹で、獲物がすぐそばにいるならばと、とにかく跳びかかった。爪が首まわりの白い毛に深く食い込んだが、〈おしゃれな首輪つき〉は身じろぎもあえぎもしない。相手の体はぐったりとして生暖かく、グリマルキンは見落としていたが、その首には罠である真鍮（しんちゅう）の針金が絡（から）みついていたのだ。長く追いかけていた獲物が死んだ理由など、グリマルキンは疑問にも思わなかった。上体を起こして、勝ちどきの尻尾を振った。〈おしゃれな首輪つき〉は今や自分の爪の下にあり、かつての借りは返された。そして猫の一族がいつもやるように、命の遊戯で獲物をもてあそぼうとした。まずは前足で兎をつつき、あえて立たせてこちらから逃げる動きを促してみる。そのあとで、念には念を入れて二度目の一撃を、跳びかかってくらわせるという段取りだ。鳥獣(ちょうじゅう)というものは、息のあるうちは何とかその命の遊びから逃れようとやみくもにもがくものだが、この〈おしゃれな首輪つき〉は毛並みを雨に濡らしたまま静かに横たわり、目を見開かせている。その敏感な鼻がひくつくこともない。グリマルキンは知るよしもなかったが、首に巻き付いた針金がとうにその息の根を止めていたのだ。それからグリマルキンは地面に寝転んで、ぐったりした相手の体を自分へ引き寄せた上で、その毛並みを舐(な)めたり撫(な)でたりしながら、相手の力量と頭脳とを褒め称える歌を口ずさみ、そして狩人としての自らの優れた腕前を誇るのだった。羊歯にとまった鷦鷯(みそさざい)が苦情をこぼしてから飛び立ったが、グリマルキンが獲物をもてあそぶあいだは、あえてそばに立とうという小動物はいるはずもなかった。嬉しさのあまり子猫のように行ったり来たりしながら、手足のたくましい筋肉を膨(ふく)らませている。そしてうなり声を上げて、森の民で誰か自分の獲物を奪えるものなら奪ってみろと挑発した。この遊びに夢中のあまり、草むらをやってくる足音には気づかず、黒歌鳥が鳴き声で威嚇して初めて顔を向ける。目の前にはパディ・マグラーがいて、兎用の罠を手にしたまま、こちらをにらみつけている。これにて、ごっこ遊びはおしまい。ノックデーンの猫王グリマルキンは、獲物をあきらめなくてはならないのか？　うなって威嚇しながらその死骸を引きずると、針金をくってあった杭(くい)も、死ぬ間際の兎がもがいたせいでもう緩んでいたから、地面からずるりと抜けてしまった。

「放せよ、この泥棒」と叫びながらパディ・マグラーは猫に杖を投げつけた。棒は当たらずじまいで、グリマルキンはじっとにらみを利かせながら、獲物を数メートル先の茂みに向かって引きずっていく。武器のなくなったマグラーは大股で近寄ってから、重量感のある靴底を振って足で相手を散らそうとする。しかしグリマルキンも応戦して猛烈なうなり声を上げるので、男はあとずさりした。革靴だから、噛みつかれてはひとたまりもない。男が杖を拾い直すころには、獲物を背負いながら進んだグリマルキンが、さて茂みに入ろうというところだった。男もすぐに追いかけてきたが、獲物を絶対に手放さないグリマルキンは、多少歩みを早めることしかしない。両者が茂みにたどり着いたのは同時だった。穴埋め師の男は杖をしたたかに打ち付け、グリマルキンを脇に飛ばした。そのままごろごろと転がって、猫は気を失う寸前だった。ところがそのとき、あわてたのかマグラーはうっかりわざわざ身をかがめて兎をつかんでしまう。刹那、ぎゃあという叫び声、グリマルキンが男の手首に噛みついたのだ。ののしり言葉とともに男が跳び退くと、血が滴り落ちた。

「ちッ！　あの猫、何かやばいぞ」とこわごわ言葉をこぼしつつ、男は身を引いた。「そういやあの兎も変わったやつだったな。こりゃ杖じゃなくて聖水かな、ああいうやつに必要なのは、たぶん」

それ以上の邪魔が入らなかったので、グリマルキンは〈おしゃれな首輪つき〉の動かない死骸のところに戻って、苦労しながら何とか茂みのなかへ引きずり込んだ。いったん羊歯の棘（とげ）に隠れられれば一安心で、ぜえはあと倒れ込んだ。予想される追撃を防ぐためだが、実際には来なかった。すぐに穴埋め師のずんずんと草を踏む足音が聞こえたものの、音は去って行く。

　これでグリマルキンの勝ちは決まりだ。なんと人間の裏をかいて、獲物を横取りしたのだ。再び兎に向き直り、命の遊びもやり終えて、自らの隠れ穴に戻った次第である。

第四章　ゾーイ

あの夏の始まりの日のことは、グリマルキンの心の暦（こよみ）に、白墨でしっかりと印がつけてある。バリモア牧師館の裏手にある山査子の大きな茂みのあいだに、ちょうど頭青花鶏（ずあおあとり）の巣を探っていたときのことだった。ふと一匹の鼠を見かけたのだ。その鼠は腰を下ろしながら蝸牛（かたつむり）を食べていて、ときどき小さな目で周囲を見やるものの、グリマルキンが蛇（へび）のごとく草むらをすり抜けていたため、気づいていないようだった。いつでも跳び込めるように猫のほうが身構えていたところ、いきなり小ぶりの雷のようなものが、そばの野林檎の木から落ちてきた。自分のうしろにちょうど十五センチほどの何かが降りてきたので、鼠は思わずその夕食を落として、またたく間に姿を消してしまった。

グリマルキンはびっくりした。それは猫――なんと猫だったのだ！　小柄な牝猫で、毛並みが長かったので実際の寸法よりもかなり大きく見える。胸と足先が泡白色（あわじろ）で、そのほかの部分は深鼠色、顔の両側では毛がふわっと広がっていた。相手が牡猫で獲物を横取りしようものなら、グリマルキンも前足でさっと耳をはたいていたところだが、見ての通りなので、むしろ下手（したて）に出て気を惹こうという心持ちになる。この猫ゾーイがおもむろに身を上げて、その背が半円状になったので、こちらから手を出してみたところ、はねつけられてしたたかに顔をぶたれてしまう。なるほど愛は奇跡を起こしうる。そうでもないと、ノックデーンの猫王たるグリマルキンが、このように無言でぶたれることなどありえない。しかも、反応もきまり悪そうにひげを舐めるだけで済ませてしまうなんて。ゾーイは目をやって、相手がおとなしく罰を受けたことを確かめると、腰を下ろしてふわふわの白い前足で耳を撫でた。すぐにグリマルキンもごろんと仰向けになって、自分の斑柄の耳をこすった。喉をごろごろと鳴らす低音を響かせつつ、グリマルキンは叫んだ。「ゴロロ――リ――ャオウ！」その微妙な発音は猫ならば理解できるもので、「君って本当に魅力的だね」ということだ。ゾーイがゆったりと前に出てきたので、グリマルキンもその細長い斑柄の身を起こして、自分のひげを相手のほほへ熱烈にこすりつけた。相手もごろごろと機嫌良く鳴らし始めたが、向こうはたおやかでなめらかな音だった。やがて小走りで立ち去ろうとする牝猫だったが、その際ちらりとこちらを振り返って、望むならついてきてもいいと、それとなく誘うのだった。

　さて、それからというもの二匹は頻りに逢い引きをした。ゾーイは牧師館でかわいがられているペットであったから、いつも夜は屋内にしまわれていた。それでもよく飼い主の女の手から抜け出して、グリマルキンが粉吹黄金を捕まえている山査子の茂みまでこっそりやってくるのだった（なお黄金虫の捕まえ方は厨房時代に蜚蠊から学んだらしい）。初めのうちは牝猫も長時間の外出には気が乗らないようで、ちょっと出かけただけで、すぐに足を止めて引き返したものだった。グリマルキンもたちまちそばによって、一緒に来てくれと猫なで声でせがむこともよくあった。牡猫としては、人間になついて離れないという固い絆がどうしてもわからなかった。自分は子猫のころにその関係をとうに絶っていたし、今ではノックデーンにいる全モフモフ民と並ぶ本物の野生動物であったからだ。ところがゾーイとその親猫たちは煖炉のそばで暮らし、人と同じものを食べてきたのだから、森の招く声はなかなか聞こえないわけである。

　あるとき日中三日立て続けに外出せずにいたところ、三回目の宵に牝猫が野外に目を向けると、じっと待っているグリマルキンが見えた。するとしんみりと喉を鳴らしてから、牝猫は窓から跳び出て、牡猫のもとへと駆け寄っていく。

　ふたりは一緒に狩りをした。やがて長い日差しも丘に遮られ、露も降り始めた。ノックデーンではたくさんの黒歌鳥がさえずり、草むらでは鶉秧鶏が耳障りな音を立てる。暗くなり、夜の住民たち――穴熊や蝙蝠に梟など――も出てきた。夜も半ばを過ぎたころ、ゾーイの帰巣本能が目覚め、人家へと戻ろうとするものの、疲労困憊であったし、グリマルキンの存在もたいへん好ましく思うようになっていた。両側から引っ張られるような感覚だった。気持ちでは森に留まりたいが、本能の保護者たる習慣のせいで、帰路を歩み始める。洋樫の木陰は、夜特有の謎めいた景色と音色に満ちていた。もう夜明けだと勘違いした丘の雲雀（ひばり）が、身を起こして朝を迎える歌をさえずり、それで目覚めた谷の郭公（かっこう）が眠たげに笛のような鳴き声を奏でる。森の外にある人の歩く道がずいぶん小さく遠くに見えた。グリマルキンはぐるりと見回した。「ゴロロ――リ――ャオウ！」という鳴き声を訳すなら、「ああ我が愛しい君よ、魅力的な君よ」だ。郭公の鳴き声と川のせせらぎとが混じり合う。ゾーイの迷いは消えた。それまでの生活はどこへやら、いつも人間から受けていた思いやりもみな忘れてしまった。グリマルキンの呼ぶ声に、牝猫の心が傾いていく――ノックデーンの森の呼び声に従ったとも言える。伴侶（はんりょ）の後ろについて、隠れ穴へと向かっていった。

七月の初めに、ゾーイはグリマルキンときっぱり別れた。相手が去ったのちも、グリマルキンのほうではちらほら姿を見かけたけれども、危険と出会ったかのようにいつも相手がさっと逃げ出したのだ。そのため、幾夜も狩りはひとりで行った。

何年も前に大西洋からの強い南西風が吹き荒れて、ノックデーンのてっぺんにある樅（もみ）の森へと直撃してばきばきと薙（な）ぎ倒し、幹の折れた木々が積み重なることがあった。動かせるものは誰もいなかったので、いまだ枯れ木の山として鎮座（ちんざ）している。ところが木々が倒れたことで隙間から日光と雨が大地に差し込んで、それまで鬱蒼（うっそう）と樅の木しかなかったところに、次の夏にはたくさんの植物が生い茂ったのである。朽ち木の枝先に絡まるように茨が茂り、草も一帯に生え広がり、榛木が空気と光の通り道を作っていった。ただし鬱蒼とした密林のなかに組み込まれているから、内部の道筋を知っているのは兎たちだけだった。しかし狐と猫はその逃げ道を追いかけていったあげく、向こうの縄張りで狩りをすることさえも往々にしてあった。

ある早朝、グリマルキンはその〈密林〉に向かった。雨はもう何日もご無沙汰で、雲ひとつない空に太陽が昇っている。兎の通り道を抜けたグリマルキンが入ったのは、茨と野薔薇の壁に囲われた、開けた小さな場所だった。そこには嵐で根こそぎ倒れた木の幹があった。その根の下あたりに、蔦や折れ枝で半ば隠れた格好だが小ぶりの洞穴があった。幹の上に跳び乗ったグリマルキンは、身をかがめながら兎を探しつつ、朝の日差しを満喫した。ふと背後で枝の折れる音がして、グリマルキンは少し首を回して見やる。いつでも跳べるように身構えたとき、母性あふれるやわらかな声が聞こえて、どきりとした。「ゴロロ――ラ――ッチャッ！」という声を猫語に訳すと、「お母さんはあなたを愛していますよ、愛しい子」となる。木のほうへ小走りで向かってくるのは、ゾーイだった。痩せて毛並みもぼさぼさだったが、優しい目がきらきらしている。グリマルキンは、蔦に隠れた穴に入っていくゾーイを見届けると、跳び降りてあとをつけてみた。興味本位でのぞかれないよう、念入りに隠され

た小部屋があって、草の茎で区切られていた。地面には灰と白の毛がぎっしりと敷き詰められ、そこをぐるりと囲むようにゾーイが誇らしく身を横たえていた。自分の子どもたちにごろごろと優しく喉を鳴らしながら、食事がほしいとぐっと突き出されたいくつもの丸く小さな頭を舌で撫でていった。しばらく気づかなかったが、とうとうグリマルキンの影が入口に差して、ゾーイははっとし、とっさに身を起こした――母として威嚇する――背を丸めつつ。森では、ほかのどんな感情よりも母性が優先される時期がしばらくある。ゾーイはかつての恋人を、今や子猫を脅かす外敵として見ていたわけだ。

とはいえ、グリマルキンに敵意はなかった。子育て部屋に首を突っ込むと、ゾーイのひげに触れた。相手の爪は攻撃態勢で立っていたが、そのまま愛撫（あいぶ）は受け入れられた。子猫のうち一匹が、哀れっぽくにゃあと鳴きながらすり寄って、桃色の小さな鼻をグリマルキンの脇腹に押しつける。一瞬、グリマルキンは恐怖で凍り付いて立ちすくみ、自分の子をにらみつけ、それから怒りでシューッと音を立てつつ、やぶに跳び込んでそのまま去ってしまった。以来、別のところでゾーイとはしばしば会っても、樅の古木だけは避けるようになった。

その夏は〈大干ばつの年〉として、この田園地帯では長く忘れられないものとなった。露（つゆ）も降りず雨も降らず、地域一帯が日がな一日、灼熱（しゃくねつ）でゆらゆらぐらぐらする。池や小川も干上がり、ひび割れた泥の跡だけが残って、かつての存在を偲（しの）ばせるのみとなった。巣で子育てする鳥たちは喉の渇きに苦しみながらも、卵をその場に置いて遠くの川を探しに行く度(ど)胸(きょう)はない。ノックデーンに住むモフモフ民にも、ぬるい水がちょろちょろ流れる川が一本あるきりだった。その小川は日中ずっと、喉からからの鳥たちでごった返し、水飲みや水浴びの場所取り争いになるのだった。このころゾーイは自分に加えて五匹ぶんの狩りが必要で、たいへんきつい生活だった。げっそりと痩(や)せたが、子猫たちが育つにつれて、さらに余裕がなくなってくる。それは人間であれ獣であれ、母親の常である。

炎天下のある昼のこと、母猫はしばらく子どもたちを置いて、〈密林〉からやや離れた山査子のところで、グリマルキンと並んで腰を下ろしていた。ふと、どすんどすんという足音がしてふたりが注意を向けてみると、目の前には穴埋め師のパディ・マグラーがいた。ちょうど立ち止まり、懐(ふところ)からパイプを取り出して火を点(つ)けている。二匹の猫は相手に見つからないようにじっと見守っていたが、やがてマッチを捨てて男は通り過ぎていった。

すぐさまその通った道にグリマルキンが視線を向けると、目の前では橙色の花咱夫藍(クロッカス)の花のようなものが咲き連なっていると思いきや、一瞬で大きくなってすぐに散り去り、あとには地面に黒いものが残るばかり。二匹の猫も木から降りてきたが、草の焼けた臭いが鼻についたとたん、ゾーイの背筋がまっすぐになる。臭いに覚えがあったので、グリマルキンよりもいち早く気づいたわけだが、それは人間の生活に慣れ、炉辺に腰を下ろすことが多かったからだ。とはいえ、室内なら炎は鉄格子に囲われているけれども――この何も囲いのない森では、燃え広がり放題である。うなり声を上げたグリマルキンはそのあとこっそりと、兎罠(うさぎわな)でも見つけたかのようにするっとやぶへと入って、いつの間にかいなくなっていた。ゾーイはしばらく立ち尽くしていた。炎が嫌いで恐ろしかったわけで、その点はグリマルキンに比べて育ちの上でも納得できよう。

炎はじわじわと広がり、とうとう草がこんもりと茂っているところへ差し掛かる。乾燥していたからすぐ火が付く。いきなりぱっと燃え上がって、草は消し炭となったが、そのとき上に広がった火の粉が茨のやぶに触れてしまい、あっという間に火の勢いが強まってしまう。夜であれば、火にはある種のおごそかさがあって恐怖も減じるのだが、日中の炎であるから、元々の凶暴さは隠しようもない。やぶは干ばつで乾ききっていたため、からからの茎(くき)が炎できりきりと悲鳴を上げる。

優しい天使が降りてきて、ゾーイに迫る危険を耳打ちでもしたのだろうか？　この牝猫はいきなり向きを変えて走り出し、そこからほど近くの〈密林〉へとたどり着いた。腹ぺこの子猫たちがご飯をせがんだものの、無視してまずは末の子を咥(くわ)え上げると、速度をゆるめずノックデーンを駆け抜けていく。鳥のさえずりのほか、森はまったく静かだった。子育て部屋のそばでは、老いた黒歌鳥が雛鳥(ひなどり)たちに餌をやり、一匹の針鼠(はりねずみ)が小道をのそのそ歩いていた。木々の上からかすかな煙が立ち上り、日差しに当たって揺らめいている。

　子猫のやわな肌を歯で傷つけないよう、気をつけて咥えながら、ゾーイは頭を上げて小走りで駆けていく。ノックデーンを抜けて、開けた田園地帯を探し当てた。後ろの森の行く末はわかりきったことなので、木や茂みは避難場所として信用できない。そこに誰もいない兎穴が見つかったので、子猫を中に寝かせると、ノックデーンに引き返す。とはいえ、そのあいだは八百メートル以上の距離があり、戻るころにはもう白い灰が粉雪のように〈密林〉の上空を漂っていて、火は陽気にひとり歌っている。それでも、子猫たちの寝床とのあいだに広い小道が壁代わりにあったから、今のところは切迫した危険ではなさそうだった。

　ゾーイは二匹目の子猫をくわえて運んでいった。再び引き返そうとノックデーンのほうに顔を向けると、目の前では黒々とした煙が巻き上がり、日の光も赤く染まっていた。田園地帯も静かに、熱を持った靄（もや）に包まれていたが、まだ誰も丘の森の異変には気づいていないようだった。谷あいにはそもそも人家はまばらで、またたいていの人間は昼寝中であったからだ。ゾーイが〈密林〉にたどり着くと、目の前ではおびえた兎が逃げ惑っていた。火はすぐ近くの若木の林に激しく燃え移っていて、茂みもろとも轟音（ごうおん）とともに炎上している。赤い残り火の散らばる焦げ跡が、火の輪の内側に広がっており、その輪はどんどん森の奥へと侵食していく。月桂樹はぱちぱちと音を立てながら熱で変形して、黄金と紅玉のきらめきとともに溶け、やがて炎のなかへと落ちていった。一刻の猶予もない。もはや燃えた切れ端が木から〈密林〉のすそにある枯れ草にこぼれていて、着火した火口のように茂みが燃え上がっている。

三匹目の子猫を咥え上げたゾーイは、今度は前以上の速さで駆けた。老いた黒歌鳥は、雛鳥たちに早く翼で飛んで逃げるんだとしわがれ声で迫るが、何もわからず餌の虫をもっともっとと欲しがるだけだった。針鼠は短い足ながら全力で草むらをよちよちと進んでいる。ゾーイはやすやすと追い抜かせたものの、子猫たちの体重は重く、その日はとても暑かった。木漏れ日が、進む道にチェック模様を描いている。ひっそりと静まる森には、火の燃え広がるぱちぱちという音だけが響いていた。

三度引き返してゾーイは丘を登っていく。かつてないほどの熱く重い空気が充満しながら、煙までが木々のあいだに立ちこめている。そしていきなり目の前に火の最先端部が現れる。もはや小道を越えて燃え広がり、轟音とともに〈密林〉へと入り込みつつあった。榛木、樅の枝、茨のやぶと順々に燃え移り、どんどんと重なるように倒れて、やがて濃い黄色の炎が空へと立ち上がり、火花と煙に変わっていく。火の向こうにはただ荒れ地が広がるばかりだった。焦げた木の幹が、一面の黒のあいだから立ち上がり、火の及ばなかった葉も火ぶくれして、小枝からでろんと垂れ下がっている。火は樅の木までもう二百メートルもない。図らずも競争だった――炎とゾーイの勝負である。ところが猫のほうはもう一往復が必要で、おまけに子猫を運ばないといけない。

煙で目がしみて、疲れ果ててめまいもしたが、母猫は力を振り絞って四匹目の子猫をくわえ上げて、死にものぐるいで駆けた。丘へとあわてて登っていく人間が数人ちらりと見えたが、構っている暇はない。子猫を一腹(ひとつばら)の子たちと一緒に寝かせたあと、全力でノックデーンへと引き返した。

もはや〈密林〉は炎に包まれていた。一帯が灰まみれで、煙のなかを日の光が薄気味悪く照らしている。一瞬だけゾーイは途方に暮れたものの――そのあと、よろめきながらも樅の木のほうへ走り慣れた道を進んでいく。数度燃えかすを踏みつけて、熱さに思わずひげを縮ませたが、樅の木の子育て部屋で待っている子猫のために、果敢に足を前へと進め続けた。巣へと急ぐ。この木に火が燃え移るまで、猶予はもう三十秒ほどしかなかった。地面は火で熱く、すでに蔦の葉も火ぶくれになっている。穴へと跳び込んだ母猫は、大事な子どもを必死で手探りした。みるみる時間が過ぎていく――なかなか見つからない。猫なので暗視には慣れていたが、この黒闇ではどうしようもない。ああ！　ついに手の先が泣きわめく子猫に触れたので、つかんで回れ右して跳び出した。外に出た母猫は思わずたじろいだ。自分がまさに炎の壁に囲まれていたからだ。樅の木も炎に包まれ、草むらにも火が付いていて、やぶから四方八方へと燃え移っている。逃げ道になりそうなところは一ヶ所しかない——火のいちばん弱いところだ。ゾーイは子猫をきつく抱えた上で、耳を後ろに倒し、目をつむって跳躍した。抜ける一瞬、炎が自分の全身に触れた気がしたが、なんと無事に越えて、灰のなかへと倒れ込んだ。ひげは焼き切れ、美しいほほのふわふわ毛もちりちり、毛並みも灰で真っ黒だった。それでも勇気を出したおかげで子猫は無事だった。疲れ切ってへろへろに歩きながらも、子猫を引きずって連れて行く。そのさなか、炎は樅の古木の周りをぐるぐる跳んでは舞うのだった。

日暮れごろ、しばらく教会裏の原っぱをうろついて（あの謎の光がその力で森を蹂躙するさなか近づかないようにして）いたグリマルキンは、毛の焦げた子猫を運んでいるゾーイを再び見かけた。危機にあって元の絆が思い出され、人間のもとへと帰りつつあったのだ。人間はものを知らないけれども、野生の生き物よりもよくしてくれる。すでに四匹の子猫は牧師館の干し草置き場で横になっていた。

グリマルキンを目にしてゾーイは背を向けたが、牡猫のほうも呼び止めようとはせず、困惑した様子でちょこまかとただついていく。牧師館の敷地の門前まで来た二匹だったが、ゾーイはそのまま下をくぐっていく。ところがグリマルキンに聞こえるのは、焼け焦げた森の呼び声で、それ以上ついてはいかなかった。それに人間の住居も大嫌いだった。「ミャオウ！」と牡猫が声を上げたが、ゾーイは無視した。その瞬間、野外に出てきた人間の少女が、驚きのあまり立ち尽くした。「えっ、ゾーイ、あたしのゾーイ！」うれしそうな大声だった。ゾーイは、何週間もの森の生活のおかげで警戒心が強くなっていたため、そのまま干し草置き場に上がっていった。ついていかないほうがいいのかなと思いつつ、少女はすぐに牛乳入りの皿を手に戻ってきて、喉の渇きがうるおえばと干し草置き場を出たところに置いておいた。グリマルキンは背を向けて、そろそろと立ち去った。

その夜には日照りも終わり、ノックデーン一帯は雷雨に見舞われた。雨はどしゃ降りで、火災も完全に消え去った。とはいえ、何ヶ月ものあいだ〈密林〉がかつてあった場所には、黒ずんだ広い空き地が残り、その中央には黒焦げの丸太が、ゾーイの子育て部屋の残骸としてあるのみだった。

第五章　闘いでは強い者が勝つ

三月ともなると夜は長く風も冷たい。食料が乏しくとも狩人は生きねばならない。グリマルキンは森のへりにある杭囲いを通り抜け、夜明けの嵐のもと、草むらを音もなく忍び歩いていた。

先の章の以後にあった四度の夏が、グリマルキンの頭を駆け巡る。向かうところ敵なしで森に君臨した四年間だった。同族の猫たちにも恐れられ、力の劣るモフモフ民は寄りつかず、森の番人たちの嫌われ者となっていた。猫族の酋長(しゅうちょう)であり、猫民を従える君主であった。とはいえ、この四年間でグリマルキンの名は頂点に上り詰めたが、その代償も大きかった。毛並みには早くも、背とあごのところで白髪の気配があった。相変わらず鋭い目ではあったが、度重なる死闘の末に強力な爪と歯も今やぼろぼろで、ひげも垂れている。それでも〈春の衝動(あこがれ)〉のために、まるで子猫時代のようにわくわくと血がたぎるのであった。

三月の朝は荒れやすい。夜明けとともに目を覚ました風が谷あいをため息のように吹き抜ける。ノックデーンの木々はそれに応じるかのごとく荘厳(そうごん)なアルペジオを奏で、森全体をパイプオルガンとして南東の風が鋼(はがね)を思わせる大音響をとどろかせ、宿木鶫が草王(くさのおう)に呪文を捧げている房つきの落葉松（からまつ）までもしならせる。
淡い水色の日が昇り、気まぐれな突風が茂みを揺らす。グリマルキンの頭に浮かぶのは、兎のことばかり――いつも兎はまず〈細長の土手〉に現れる。そこで茨のやぶ内に身を潜めて、前足もうまく胸にくっつけた上で、目をこらした。

茨のあいだがざわめき、枯れ葉がかすかに騒ぐ。グリマルキンの筋肉がこわばり、ひげがぴくりと動く。体を伸ばして腰を下げ、一歩ずつしなやかにぬるっと進んでいく。三月の兎を襲いそこなったことはまだ一度もない。見開かれた目と膨らむ筋肉は、勝利の確信に満ちていた。ところが困った点がある。獲物は気を張りつめらせつつも草をかじっているが、攻撃の間合いの外にいたのだ。年若い猫なら、失敗を覚悟であえて跳びかかることもあっただろう。しかしグリマルキンは狩人としてはご老体もいいところだったから、じっと待ち構えるのだった。

また草むらがかすかに騒いだが、揺れる草のうちに、殺気（さっき）の鋭い緑の瞳があった。狩人のよく知る目だ。自らと生き写しのような猫で、曾孫にあたる。その身だしなみも整った立派な顔立ちからは、あらゆる猫の悪癖がうかがわれた。

その新参者は唇をなめた。表情からこれは俺様のものだという主張が見て取れる。同じように兎を値踏みしている――向こうもまた待ち構えているのだろう。闘いになるのならそれで結構――強い方が勝つだけだ。グリマルキンの見せた反応はただひとつ、歯をむき出しにして敵対心のこもる静かなうなり声を上げることだった。それでいて内心では熱い怒りが煮えたぎっている。なぜならば、モフモフ民の掟のひとつに、同類の獣が狙っていた獲物を横取りできた場合は、望むなら勝者は敗者を殺してもよい、というものがあるのだ。とはいえ、これまでほかの猫がグリマルキンの獲物を大胆にも横から狙い、真っ向挑んできたことはなかった。もはや耐えがたいことで、グリマルキンはぐるりと向きを変え、そのまま姿を現す。兎は森の民のうちでも警戒心がいちばん高い。でなければ何百年も前に絶滅していただろう。そばだてていた耳で気づいた兎は身を起こし、あたりをうかがいつつ遠くへ小走りしていった。狩人たちも獲物を逃したとわかったけれども、もはやどうでもいいことだった。二匹は尾の先をゆっくりとうねらせながら、一分のあいだにらみ合った。やがて酋長の喉からそっと平板に、「ミィィヤァァオウゥゥ」という猫族に伝わる決闘申し込みの合図があった。曾孫のほうも応じて、反抗的な大声をうなり返す。果たしてどちらが無敵の主人たる牡猫なのか、という挑発混じりである。

雄々しい猫たちは向き合いながらお互いに回ったあと、ぶつかり、殴り合った。抜けた毛が地面に積み重なるほどだった。打撃戦がお互いに疲れ果てるまで続き、そのあとそれぞれが身を退いて回復につとめ、また攻撃が再開される。グリマルキンは、この青二才に酋長と年長者に対する敬意をたたき込んでやると全力を出したのだが——そのつもりでやったのだが——一撃も決まらなかった。フェイントもカウンターもアッパーも、叩きつけるような下向きのフックも、すべて流された。グリマルキンはラウンドが終わるたび、耳から血を垂らしながら、息も絶え絶えに座り込む。初めての感覚に襲われる——手足がしびれて力も入らない。疲労の限界だった。もう逆転しようとも思わない——ただ生きる権利のために死にものぐるいで闘うしかない。その打撃はいっそう弱くなり、口からあぶくがこぼれる。とうとう若い血気の勝利が告げられようとしていた。強力な鉤爪(かぎつめ)のついた鉄の前足が、歴戦の強者(つわもの)の頭蓋骨へと振り下ろされる。グリマルキンはうめき声を上げて後ずさるが、同時にその目の前に熱い赤の幕が下りてくる。そして気絶寸前で焦ったあげく、怖(お)じ気(け)づいてよろよろと茂みのなかに身を隠してしまうのだった。

勝者は座り込み、傷口をなめた。それからというもの、ノックデーンの猫族には新王が君臨した。

何事もなく昼が始まった。どうして歌鶫は頭上で鳴いているのだろう？　どうして水仙(すいせん)がそよ風に舞っているのだろう？　〈春の衝動(あこがれ)〉があらゆる芽と枝にこれほど心なく現れているのはどういうことだ？　配慮もなくその顔で見せびらかしやがって！　自分たちは目が悪くなっても治るし、手足がよぼよぼになっても若返りできるというのか！　こんなふうに、もはや王でなくなったノックデーンのグリマルキンは思いを巡らせたことだろう。ついにやってきたのだ、人も獣も等しく捕らえる冷たい手が。誰も逃れられず、後戻りもできない。〈老い〉が背後からいつの間にかいきなり現れていた。モフモフ民にとって老いとは、人間以上に意味を持つ。力がわずかでも衰えたなら、それ以上に強い狩人のために壁際に追いやられてしまう。自分を捕まえられる相手には獲物になるしかないのが掟である。仲間に追われてなお運良く落ち延びたとしても、残るのは飢えだけ——ゆるやかな苦しみだけだ。

グリマルキンにはもはや先が見えなかった。これから何が待ち受けるのかもわからなかった。だがそのほうが幸せだったのかもしれない。敗残者という立場に屈辱と挫折を感じつつも、成獣の牡兎をみすみす見逃して弱った幼獣をねらったり、今は敬遠している草鼠(くさねずみ)を捕食したりする日がいずれ来ることには、気づいていなかった。確かにその日はまだまだ遠い。頭上では三月の風がうるさくしている。立ち上がったグリマルキンは、見えなくなった片目から無理に闇をはがそうとするのをやめた。空腹でもあったし、狩人の腕もまだある。攻撃力と持久力が不足しているなら、ずるがしこい頭で補えばいいわけだ。隠れ場からこっそり出ると、なじみの狩り場へと続く小道を静かに忍び歩いていった。

かくしてグリマルキンはこの物語から退場し、灰色の木々を抜けて、人知れぬ森の奥へと入っていく。競争では足の速い者が勝ち、闘いでは強い者だけが勝つ場であるが、人間はその場所のことを知るよしもない。

1

本書『猫にご用心——知られざる猫文学の世界』、たっぷりお楽しみいただけたでしょうか。ここからは、本書収録作品をもっと理解するための解説をお届けしたいと思います。読む前に目を通すと、いわゆるネタバレになってしまうところもありますので、気になる方は読後（あるいは読みながら）ご参照いただけると幸いです。

さて、「まえがき」でも述べたように、今作『猫にご用心』（一五五三年）は英語最初の小説とも目されています。[1] つまり、英語で書かれた散文創作の第一号となるわけですが、初めてのものが読者に届けられるにあたっては、もちろんさまざまな壁があったことでしょう。しかも、今作の舞台は読者の生きるほぼ同時代の英国——当時も馴染みがあった神話や寓話（ぐうわ）・伝説のような遠い世界ならいざ知らず、同時代フィクションそのものが少なかった頃に、生活圏とも近しいところにある虚構をいかにしてすんなりと受容可能にするかは、創作者として大きな課題であったはずです。

作り事は何の前置きもなく提示すれば単に馬鹿げたものとして無下に排される一方で、

巧みに導入すれば作品世界が読者の認識の隙間に入り込んで、その想像や妄想をも刺激して楽しませることもできます。そこで必要とされるのは、言ってみれば〈騙り(かた)の語り〉のようなもの――とりわけ『猫にご用心』の冒頭部では、この点に細心の注意が払われているのです。

まず本来の原稿で始めにあった献呈文(けんていぶん)では、著者本人が執筆に当たった動機と、原稿の捧げられた相手が明確化されます。当時の執筆は自身の支援者や世話になった人への報告や座興(ざきょう)の意味合いもありましたので、こうした文章があるともっともらしくなります。[2] 友人から聞いた話を書き留めました、というていで始まる今作は、捧げる相手や同席した人物が実在の人々であれば、その信憑性(しんぴょうせい)も増したことでしょう。

そしてその友人は、実在する印刷所である人物の話を耳にします。その人の故郷でさる人から別の人の体験談として語られたものを間接的に紹介されたりしたわけです。物語として誰の話だったのかだんだんとややこしくなってきますが、たとえばこの『猫にご用心』第一部のある挿話は、〈アイルランドのある兵士に起こった話を関係者から聞いたある農夫が伝えた話を確かめた当地出身の男が一座に語ったものを耳にした著者の友人による思い出話を仲間と共有した著者ができるだけその語りを再現して書き留めたもの〉であるわけです。いわゆる又聞き(またぎ)の伝聞で〈入れ子構造〉が何重にもなっているのですが、初めて触れた人にはいったいどこからが本当で、いったいどこからが嘘なのかと攪乱(かくらん)された気持ちにもなったことでしょう（たとえ作り話であっても誰の仕業なのかわからなくなりますし）。

この〈入れ子構造〉で位置づけが遠くなると嘘もまことしやかに語れる、という点が技法としても実は大事で、現代英語の文法でも〈仮定法〉は時制がどんどんとズレることで想像上の話が叙述可能になるものですが（そのため〈叙想法〉とも呼ばれます[3]）、類似の効果があるのかもしれません。

ともあれこの〈入れ子構造〉のおかげで実話のように見せかけた虚構が作り上げられたわけですが、（おそらく）刊行時に「『猫にご用心』と称する書物への手短な応答」が出回ったように、作り事だと批判の声が上がったのは、今作がやはり実話だと（まんまと）誤解されたからでしょう。一方で、再刊時に「序詩」（一五八四年）がついて最初に作り話だとネタばらしされているのは、最初に書かれた頃から時代を経て、虚構の受容がある程度は成熟し、フィクションとしての諷刺作品が文化として認められるようになったからだとも考えられます。

また面白いのは、こうした〈誰かから聞いた話〉は、物語内でもそうだったように、現実でも人伝いに語り直されることです。本書に併録された「「猫の王様」の噂を伝える偽作書簡の抜粋」（一七八〇年頃）は『猫にご用心』の派生作品とも言っていい作品でしょう。この著者である諷刺作家のウィリアム・クーム（一七四二―一八二三）は、当時の著名人だった貴族（故人）を騙って書簡集を書いて執筆・出版したのですが、「偽作書簡の抜粋」はその本のなかでもっともらしく書かれた（宗教者に対する）皮肉の部分です。そこで引き合いに出される「猫の王様」の話は、その二〇〇年ほど前の『猫にご用心』第一部で語られた二つの挿話が混じり合った仕上がりになっています。おそらくはおふざけであえてそうしたのでしょうが、その本もまた（やはりというか）当時はそれなりに売れ、真作として誤解されることもあったくらいなので、そのような昔話があるのだと真に受けてしまう人はいたのでしょう[4]。

　続いて訳出した「詩篇　猫の王」（一八〇〇年前後）は、その書簡集の猫話に刺激を受けて、ジョン・ダンロップ（一七五五－一八二〇）というスコットランドの一地方の名士がものした詩になります。この人物は土地に思い入れがあったようで、故郷に根ざした詩をさまざま書いていて、この「猫の王様」がちょうどよい題材になったようです（とはいえ、書簡集の時点で設定が『猫にご用心』のスタッフォードシアやアイルランドからスコットランドに改変されているので、本当は縁もゆかりもないわけですが……）[5]。

　しかし、幾度も語られ直されていると勝手な変更込みで昔話も定着してしまうようです。この様式の「猫の王様」は、同時代に（このどちらかを）読んだらしいある乳母がある子どもにお話として語り聞かせ、そしてその子が父親になったあと自らの娘に何度も話した（さらに改変された）とおぼしきものが、そののち一八八四年には民話として専門雑誌に採集されてしまいます。最終的には、その民話に目を付けた作家マリオン・フローレンス・ランシング（一八八三－一九六六）によって、「眠れる森の美女」「はだかの王様」「こびとと靴屋」「おやゆび姫」「青ひげ」「白雪姫」といった錚々（そうそう）たる作品とともに童話集（一九〇八年刊）の一篇として収録されるまでになった次第です。[6]

伝わるうちに変化するのは、同じく第一部に登場する〈猫には九つの命がある〉もそうでしょう。今作では直後に〈魔女は猫の姿を九度借りられる〉という解釈が語られますが、後世では猫は八回生まれ変われるだとか、魔女は八回死んでも大丈夫であるとか、さまざまに言われ、出典とされる『猫にご用心』の名前を出してなお、（実際には読んでいないからか）後代の解釈が当時からあったかのように説明されることもあるとか。むろん〈伝わった〉こと自体が〈同じまま残っている〉ことを保証するわけではありません。

〈九つの命〉という考え方を当時の英国とは縁遠い古代エジプトやインド寓話に結びつける向きもあるようですが、さすがに牽強付会（けんきょうふかい）というものでしょう。[7] むしろその頃の知識人であれば、古代ギリシアのヘーシオドスが記したとされる「さわがしい鳥は人の生の九回分生きる」のほうを思い出すのではないでしょうか。[8] 本来は寿命の長さの比較なのですが、回数のほうに着目すると、面白い読み替えができると気づいたのかもしれません。ちなみに一七世紀のことわざ本には、「溺愛（できあい）は猫を殺す、ただし猫には九つの命があると言われている」（つまりいくらでも可愛がってよい）、「猫には九つの命がある、女には十ある」

（それくらい女性は生命力あふれる?）などとあって、当初や現在とはまた異なる解釈も生まれていたようです。[9]

〔註〕

1 本書六〜一一頁参照のこと。

2 献辞については、福原麟太郎・吉田正俊［編］『文学要語辞典：改訂増補版』（研究社、一九七八）の項目“dedication”が簡便な説明（七九頁）。そのほか詳しくは、Gary Schneider, *The Culture of Epistolarity: Vernacular Letters and Letter Writing in Early Modern England, 1500-1700*, U of Delaware P, 2005; J. W. Saunders, *The Profession of English Letters*, Routledge, 1964; H. S. Bennett, *English Books and Readers 1558 to 1603*, Cambridge UP, 1965; Nigel Wheale, *Writing and Society: Literacy, Print and Politics in Britain 1590-1660*, Routledge, 1999.

3 安藤貞雄『現代英文法講義』（開拓社、二〇〇五）および細江逸記『英文法汎論』（泰文堂、一九二六）。

4 伝記的事項は、Vincent Carretta, “Combe [formerly Combes], William”, *Oxford Dictionary of National Biography*, vol.12, Oxford UP, 2004, pp.852-856 を参照。書簡の翻訳底本は、William Combe, *Letters of the Late Lord Lyttleton: Vol. II*, Bew, 1782.

5 伝記的事項は、H. R. Tedder and S. R. J. Baudry, “Dunlop, John”, *Oxford Dictionary of National Biography*, vol.17, Oxford UP, 2004, pp.314-315 を参照。詩篇の翻訳底本は、John Dunlop, *Poems on Several Occasions from 1793 to 1816*, Neill and Company, 1836.

6 民話として採録されたのは、*The Folk-Lore Journal*の第二巻（一八八四年）。童話集の翻訳底本は、Marion Florence Lansing, *Fairy Tales: Vol. II*, Ginn and Company, 1907 で、本書ではチャールズ・コープランド（一八五

八–一九四五）の挿絵も転載しました。そのほか、小島瓔禮『猫の王：猫伝承とその源流』（角川ソフィア文庫、二〇二四年）でも（同じく近代以降に語り直されたと思われる）類話が多数紹介されています。

7　たとえば、フレッド・ゲティングズ『猫の不思議な物語』（松田幸雄・鶴田文［訳］、青土社、一九九三）は労作だとは思うものの、その記述は九の話にしても、グリマルキンという名の考察にしても、あるいは猫王のことにせよ、思い込みと思いつきが激しく、そのままでは首肯しがたいものになっています。また、東浦義雄・竹村恵都子『イギリス伝承文学の世界』（大修館書店、一九九三）では、インド寓話由来説が紹介されていますが、執筆当時はまだ東インド会社も設立されていません。

8　いわゆる〈ケイローンの教え〉として流布されていたもの。邦訳では『ヘシオドス全作品』（中務哲郎［訳］、京都大学学術出版会、二〇一三）の四二八–九頁に「やかましい嘴細烏は、男盛りの殿方の九世代を生きます」とあります。

9　John Ray, *A Collection of English Proverbs*, Morden, 1673 および James Howell, *Paroimiographia*, J. G., 1659.

2

そして『猫にご用心』第二部では、ついに語り手のストリーマ氏が秘薬の生成を行っています（おどろおどろしい描写も含まれますので、苦手なかたはご注意ください）。大鍋（大釜）でさまざまな素材を煮込んだり謎の液体を濾したりするさまは、一般的な魔女のイメージとも近しいものがあるでしょうか。お読みになったかたにはおわかりの通り、第一部では魔女の伝承や噂話、第二部では魔術の秘奥が主たる話題となります。

今作はルネサンス期英国のお話ですが、古い時代と魔女と言えば、すぐに魔女狩りのことを思い浮かべるかたも多いでしょう。ただし今作の執筆年はイギリスで第一次の魔女恐慌が始まる前で、しかもそれが盛んだったのは、今作の舞台であるイングランドやアイルランドではなく、スコットランドとその周辺地域だったという点も忘れてはなりません。

確かに今作執筆の少し前、一五四二年に魔女を死刑とするお触れも出てはいるのですが、一回も用いられないままその五年後に廃止されるくらい、当時ヨーロッパ大陸とは温度差がありました。[1] そのため、お話のなかの魔女はただ恐怖の存在というよりも、どこか奇談や笑い話の登場人物のようです。当時よく知られた魔女伝承も随所に現れていて、魔女の変身のほか、獣化時に受けた傷痕は戻ったときもそのままだというリパーカッション現象、また魔女の用いるサーヴという塗り薬なども、それぞれその要素のひとつ。女性嫌悪の書として悪名高い『魔女への鉄槌』も一五二〇年には英国で刊行されていますので、もちろん多少の影響があるものの、魔女追及の本格化は一六世紀末を待たねばなりません。

むしろストリーマ氏のほうこそ魔女然とした行為に耽っていて、そちらに驚いたかたもいらっしゃるでしょう。これは同じ魔術でも、ルネサンス期には自然魔術とも呼ばれたもので、今風に言えばいわゆる白魔法のことです。同時代一六世紀の賢人ジャンバッティスタ・デッラ・ポルタは、魔術を二種類に分類した上で、悪魔や邪霊と関わる妖術(黒魔法)とは異なるものとして、自然界のさまざまな事物を悉知して活用する自然魔術を提唱しました。[2] とりわけ本作が典拠とするのは、トマス・アクィナスの師匠アルベルトゥス・マグヌスが書いたとされる別名『秘法の書』です。[3] 錬金術的な内容も含まれたこの魔術書は、当時の英国でもラテン語版と英語版が出回っていて、ストリーマ氏が参照したのは、そのうち薬草・鉱物・動物の薬効と加護を考える巻のようです。薬効のあるさまざまな自然物を乳鉢で擂りつぶし、そのエッセンスを抽出するのは、自然魔術ないし練丹術の基本でもあります。もちろんこうした魔術をよく思わない人たちもいるわけですが、そもそも神学者であるストリーマ氏が否定しないのは、神の造った自然の秘密に迫ることが神の御業を考えることにも通じるからでしょう(実際、神の被造物という観点から迷信を退けるシーンが第二部にもありましたね)。

しかし、ただ薬を作ればいいというわけではなく、この当時の魔術では、そうしたいという本人の明確な意志・想像力とともに、「適切な惑星にとって相応しい日時に儀式を行なうこと」も必要でした。[4] 占星術によれば、天球にある各星辰には、古代ギリシアのアリストテレスが基本性質だとした熱・冷・乾・湿のほか、運命や効力にかかわる各種の属性が設定されていました。そこで薬の効果を最大限に引き出すためにも、効用と関係の深い惑星がいちばんその影響力を高める時間帯に、その生成や利用を行うという次第です。先の『秘法の書』にも、その手引きとして各惑星の司る事象と、どの曜日のどの時間帯が、どの惑星の支配する刻限になるかという一覧が記載されていました。だからこそストリーマ氏も、本篇中では常に時間を気にしながら作業を行っていたのです。天と地が照応する世界観のなかに自然魔術はあるので、占星術と錬金術と魔術と宗教は容易に分かちがたいものでもあって、そういう意味では今作もルネサンスの知の一側面を見せるものだと言えましょう。

　とはいえ、この作品の記述のどれもが、既存の文献に照らして正しいとは限りません。ストリーマ氏自身が考案した猫の声を聴くための秘薬の作り方はむろんでたらめですし、狩りの殺生のときに唱える呪文も、欄外註にはアルベルトゥスが出典とあるのですが実のところ未詳です（ただ中世の魔術書『ピカトリクス』などには惑星に合わせた霊の名を呼んで加護を祈る呪文はあるので、まったくいわれのないわけではありませんが）。[5] この『猫にご用心』は、典拠ある内容を適度に配しながら、あいだあいだに想像力による法螺話を挟み込み混ぜ込んでいくのが特徴のひとつで、あるところではアルベルトゥスを正しく引用しながら、別のところではもっともらしい偽レシピや謎呪文を入れることでそれらしさを演出するのです。他にもたとえば、第一部のモロキトゥスは子どもを生贄（いけにえ）とした古代の神モロクのことですが、併置されたミサンスローピはおそらく古典ギリシア語の〈人間に対する憎悪〉（ミーサンスローピアー）から造語した架空の悪霊。アイルランドの話にしても、七年ごとの狼変化の伝承には出典がありますが、かたや猫の話については、背景にある固有名詞等は実在人物に基づいていても、グリマルキンの死（一五一一年）と史実の年代が合いません。アウグスティヌスの著作に魔女の言及があるのは確かですが、アレクサンドリア主教が雀の言葉を聞いたという都合のいい記録は残っていません。さらに流布されていることわざを会話内にちりばめつつも、さらりと「猫には九つの命がある」といった創作格言を混ぜます。

この部分的に正しいという手法は、登場人物や舞台についても同様で、最初に出てくる著者本人とフェラーズ氏は同定可能な歴史上の人間で、物語の舞台となる印刷工房もその地にジョン・デイという出版人が実際に業を営んでいましたし、その関係者に物知り古老が（欄外註で示唆された名前の通りの人物として）いたとわかっています。しかし語り手ストリーマ氏は、あくまで「いたかもしれない」と思えるように演出された、どこか滑稽（こっけい）でもある架空の神学者兼魔術師なのです。[6] この「いたかもしれない」「あったかもしれない」

「そうかもしれない」という想像力の受容が大事なところで、本作にちりばめられた数々の作り話が、逆に伝承化してのちに伝わっていくことになります（事実、今作が再発見されるまでは実際の伝説があったのではないかと誤解された内容もありました）。

それでもなお今作が創作文芸の伝統の流れにあることは、第二部でジェフリー・チョーサーの「名声の館」という詩が引き合いに出されていることからも実感できます。[7] オウィディウス『転身譜』を下敷きにするこの詩は、この世のあらゆる音声（噂話や雑音）を集めるという、天海地のはざまにある「名声の館」を夢のなかで訪れる（未完ともされる）物語なのですが、その非現実譚(たん)でもありえないと示されることで、これもまたやはり夢幻なのだとほのめかしているわけなのです。

［註］

1 魔女や魔女狩りについては、すでに多くの本が出ていますが、近世（初期近代）における新しめの情報が知りたい向きには、Brian P. Levack [ed.], *The Oxford Handbook of Witchcraft in Early Modern Europe and Colonial America*, Oxford UP, 2013 をおすすめします。英国の魔女恐慌には数度の波があり、なかでもスコットランドが中心となった一五九〇年代、〈魔女狩り将軍〉マシュー・ホプキンズがイングランド南東部で専横した一六四〇年代、そして王政復古後のスコットランドでまたもや巻き起こった一六六〇年代初めが代表的です。

2 詳しくは、ジャンバッティスタ・デッラ・ポルタ『自然魔術』（澤井繁男［訳］、講談社学術文庫、二〇一七）第1

巻第2章を参照のこと。

3 アルベルトゥス・マグヌスについては、澁澤龍彥『黒魔術の手帖』所収の「自然魔法もろもろ」でご存じのかたも少なくなかろうかと思います。今作で用いられた『秘法の書』は、アルベルトゥス・マグヌス『大アルベルトゥスの秘法』(立木鷹志[編訳]、河出書房新社、一九九九)に「第二の書」として邦訳されています。

4 引用は、リチャード・キャヴェンディッシュ『黒魔術』(栂正行[訳]、河出書房新社、一九九二)の「占星術と魔術」二九六頁。

5 邦訳は、『ピカトリクス――中世星辰魔術集成』(大橋喜之[訳]、八坂書房、二〇一七)。ここで呪文を唱えるのは、口頭・口唱を重視するカトリック教徒を揶揄したものと解釈する読みもあります。詳しくは、Jennifer Richards, “Reading and Listening to William Baldwin”, *A Mirror for Magistrates in Context: Literature, History and Politics in Early Modern England* (Harriet Archer and Andrew Hadfield [eds.]), Cambridge UP, 2016, pp.71-88.

6 近年の考察では、刊行当時このストリーマ氏が実在する同姓同名の人物と誤解された可能性があること、その人物が果たしてモデル人物であったのか否かについての議論もあります。詳細は、Marie Hause, “Identifying John Young and Gregory Streamer in William Baldwin’s *Beware the Cat*”, *Notes & Queries*, 68: 4 (December 2021), pp.393-96およびBen Parsons, “William Baldwin’s *Beware the Cat*: Some Further Light on Gregory Stremer”, *Notes & Queries*, 69: 2 (June 2022), pp.85-86.

7 邦訳に、ジェフリー・チョーサー『チョーサーの夢物語詩:公爵夫人の書 名声の館 百鳥の集い』(塩見知之[訳]、高文堂出版社、一九八一)などがあります。

3

とうとう『猫にご用心』第三部では、秘薬の力で猫の会話がわかるようになったストリーマ氏が、猫たちによる夜の集会を盗み聞きし始めます。そして末尾にある教訓のくだりでは、その上位存在として〈悪魔猫〉という耳慣れない表現が出てきますが、これは現代ではケット・シーの名で知られるアイルランド伝承上の不思議な猫のこと。意味上は〈妖猫（フェアリー・キャット）〉〈魔猫（マジック・キャット）〉と言ったほうがいいものの、（妖魔（ようま）でない一般の猫もしゃべることにしたからか）なぜか今作の英語では少し意味と役割がずれて〈悪魔猫（デヴィルズ・キャット）〉と呼ばれているようです。[1]

さて、集会では一匹の猫が自らの身の潔白を証（あか）すために、身の上話をして情状の酌量（しゃくりょう）を得ようとしているわけですが、そこで暴露されるのは人間たちの赤裸々（せきらら）な日常。詐欺に不倫、その果ての勘違いによる大騒動や破局は、下世話でありながらも人の後ろめたい秘密をばらすという痛快さが今でもありありと伝わってきます。しかし、一方で今作では聖母を拝む行為や危篤（きとく）時に行う宗教的なミサ（聖体拝領（せいたいはいりょう）の秘跡（ひせき）と臨終の祈り）も人間の隠し事、よからぬ迷信のひとつとして暴かれています。これはいったいどういうことでしょうか。ここには、一六世紀中葉の英国事情が関わってきます。

この第三部の舞台設定は一五五一年の春の終わり、宗教改革後の英国です。歴史の教科書にも書かれている通り[2]、イングランドのヘンリ八世は（極言すれば）自身の結婚問題と司法権の都合から、一五三四年に国王至上法を制定することでローマ・カトリック教会の体制から離脱し、独自の英国教会を打ち立て、かつて教皇庁が持っていた域内の宗教的権限も自分たちの管轄としました。ところが事情が事情なので、いわゆる新教（プロテスタント）といっても、英訳聖書こそ取り入れましたが、実際にはこのとき教会制度も宗教生活の内実もたいして変わらなかったといいます。

しかしこの点も次の御代、幼王エドワード六世のもとで大変化することとなりました。政治を託された摂政評議会が急速に国教会の改革を推し進め、旧来の迷信的な信仰を払拭しようと、その一環として儀式的側面の強いミサと、聖人聖母らの偶像崇拝も排除していったのです。そのなかで大きな意味を持ったのが、今作執筆の直前である一五四九年に出された礼拝統一法と一五五〇年の聖像反対法でした。とはいえ、「この［…］プロテスタント化運動が、一般にどの程度まで浸透したかはすこぶる疑わし」く、「祖先伝来の慣習と、精神的状況が、庶民をしてそれほど急激な変化に堪えさせうるとは考えられない」とも言われていて[3]、実際今作中でも、若者連中は宗教政策の変化についていけても、高齢者たちが対応できていないような記述がありましたね。どうやらそこを笑いどころとしたようなのです（そして今作の記述からも察せられる通り、国教会が取り除いて一時は罰則つきの禁止までしたカトリック信仰の呪術的要素こそが、そののちの英国では魔女や禁じられた黒魔術・黒ミサの邪教イメージへと近づいていきました）。[4]

こうした描写のほか、騒動のなかでカトリック然とした僧侶たちが散々な目に遭うことや、序詩からうかがえるその受容、そして原著者本人の経歴に鑑みて、初期研究の立役者ジョン・N・キングは本作を教皇派への諷刺作品と見なし、この猫をプロテスタント信者の持つ良心の具象化であると寓意的にさえ読んでいます。[5] では、今作の筆者であるウィリアム・ボールドウィンとはどういう人物だったのでしょうか。

　近代以前の人物の常としてその素性にはわからないところも多いのですが、スコット・C・ルーカスによる近年の公文書調査で実像が以前よりも見えるようになりました。[6] その研究によれば生年は一五二六年頃、ロンドンに生まれたものと思われます。そして一五四七年までにはウィットチャーチなる人物の印刷工房に勤め、そこで二〇代から三〇代前半にかけて印刷職人兼著述家としていくつも作品を出版していきました。最初のヒット作は『道徳哲学講話』と題された古代思想家の格言・名言集で、さらに先述の通り時は宗教改革の進む世ですから、時流の好む親プロテスタントないし反教皇派の論調が色濃い著作も手がけたようです。こうした執筆業の成功からか、やがて宮廷人のジョージ・フェラーズと親交を得て、宮中の娯楽にも関わるようになり、この出来事が今作『猫にご用心』の架空の成立背景を語るあらましにも生かされています。

　ところが人生はままならないもので、『猫にご用心』の執筆年である一五五三年に幼王が急逝すると、争乱ののちに即位した〈血まみれメアリ〉の異名を持つメアリ一世の治世では、カトリック反動が高まり、宗教改革に携わった人々も多く粛清されていきました。ボールドウィンも（宗教上の理由から）オーナーのすげ変わった印刷工房に引き続き勤務していましたが、『猫にご用心』をはじめ用意していた原稿は次々とお蔵入りとなったようで、そのなかには彼が後世に名を残すことになる詩のアンソロジー『為政者の鑑』も含まれており、[7] いずれも出版はメアリ崩御の一五五八年以降まで待たなくてはなりませんでした。

さて、このメアリの在位は五年と短期で終わったのですが、宗教混乱期を経て僧侶および僧職志願者は減少の一途を辿り、次のエリザベス一世の治世当初では聖職者（一種の公務員）の人手が足りない状況でした。そこでこれまでの宗教的文筆と学識が買われてか、かつての執筆仲間の縁もあって俗人のボールドウィンにも声がかかり、（新人というにはかなり薹が立っているものの）一五六〇年には英国教会の教役者に転身することとなりました。その後は二つの聖職禄も得て、しかも一五六三年九月には聖ポール大聖堂前での屋外説教を果たすなどキャリアも順調だったのですが、その大舞台の直後に、流行していたペストに倒れて三七歳で病没してしまいます。

伝記上の事実を振り返ってみると、今作『猫にご用心』（一五五三年執筆）はたいへん若書きの作品だったと言えるでしょう。物語作家としては、物言う彫像を語り手とする翻訳諷刺詩で習作ともなる『パウロ三世崩御なる驚くべき知らせ』（一五五二年刊）と、英語最初の書簡体小説とも目される『怠惰の形象と称する小論』（一五五六年刊）のあいだにあって、[8]さまざまな先行作の要素を採り入れた野心的な挑戦だったはずです。その点は、いきなり猫に物を言わせるのではなく、用いる文体とそこから描き出される物語世界を、語りの区切りごとに段階的に変化させつつ、怪奇迷信が排されつつある時代に猫の語りを成立させられるよう周到に筋道をつけていることからもうかがい知れます。

たとえば、本作冒頭の書簡とあらましは、執筆直前に英訳が出たトマス・モア『ユートピア』の第一巻と巻末書簡を彷彿とさせます。[9]まずは不思議譚へ至る前置きとして、その文が書かれた縁起と、著者本人とは別の語り手を据えて実在人物と錯覚させるような紹介導入のくだりを挟むわけで、ここではあえて事実を交えることで、現実とフィクションの乖離を小さく詰めています。その上で始まる第一部では、ジェフリー・チョーサー『カンタベリ物語』（やボッカチオ『十日物語』）を思わせる、実在の印刷工房を舞台とした一夜の持ち寄り話が繰り広げられ、いわゆる物語中物語で各種多様な伝承や作り話がもたらされることで、読者は猫についての情報を広く得ることになり、卑近な民のレベルで、猫が語ることへの地ならしがなされています。

続く第二部は、格調と胡乱を併せ持つルネサンス人文主義者のテクストのようで、学識に裏打ちされたかのように見える随想風の手記文体が、克明な行動の記述をもって物語の迫力を高めていきます。[10]これもまた当時英訳されつつあった思想書・学術書の文章世界が、作品内で幻想の境へと向かう語り手の背中を押す役割を果たしてくれていて、その盛り上がりこそが本来ありえない世界の扉を開くというわけです。そして秘薬を使った先に現れる第三部では、動物たちの裁判が繰り広げられる中世寓意譚『狐物語』を踏まえた猫による猫のための裁判と、それを通じた人間社会の諷刺が繰り広げられます。ウィリアム・キャクストンがフラマン語から英訳した『狐物語』を変奏しながら、[11]教会権威から離れられない人々を笑いつつ、陵辱の被害者として堂々と反論する牝猫の姿を描き出すにあっては、[12]旧弊な世の中を転覆しようという改革期の勢いさえ感じられます。

　そして物語の終わりは、寓話につきものの教訓が付されますが、ここではもはやパロディであることは隠さず、不謹慎な聖歌で幕切れとなるものの、ついお話の続きでなるほどと納得してしまう読者もいたことでしょう（もしや迷信に騙される教皇派ならなおさら信じ込んで教訓が響くという二段構えでしょうか）。しかしこうして丹念に段階を踏まえてこそ、同時代を舞台とした寓意幻想譚がようやく書けるのであって、そしてこの変化はリアリティの橋渡しのみならず、物語としての起伏にもなり、ここには展開するプロットさえ生まれています。そしてもうひとつ大事なのは、こうした文体の典拠となる作品群はいずれも原著が同時代の英語文献でなかったという点です。ラテン語で書かれた人文主義者の著述、中世語で詠われた物語詩、大陸の諸言語で綴られた寓話——これらが翻訳書という媒介のおかげで近世英語という市井の言葉でつなげられ、庶民も学者も猫もまとめて同じ口語に訳されて多声的な散文の物語に紡ぎ上がってゆく[12・13]――その現場にあるのが、今作を英語最初の小説として成立せしめるダイナミズムなのです。

今作は単体で長く残った作品ではありませんが、その蒔いた種は英文学のあちこちに根付き、それぞれが花開いていきました。なかでも特に猫の文学を追いかけたい向きには、たとえば人文書の『英詩に迷い込んだ猫たち』や『名作には猫がいる』が良い手引きとなってくれるでしょう。[14] 確かに翻訳そのものは、自分たちの住むところとは異なる時空の事情を伝えてくれるものではあれ、単なる珍品として玩ばれるのは本意ではありません。理解の助けとなる解題があれば、その物語世界はぐっと自分たちに近づいてくるでしょう。

[註]

1 手元の愛英辞典(M. O. Siochfhradha [ed.], *Learner's Irish-English English-Irish Dictionary*, An Comhlacht Oideachais, 1958)によれば、"cat"はもちろん猫、"sí"は妖精または魔法とのこと。とはいえ、アンソニー・S・マーカタンテ『空想動物園』(中村保男[訳]、法政大学出版局、一九八八)やW・B・イエイツ[編]『ケルト幻想物語』(井村君江[編訳]、ちくま文庫、一九八七)では、聖水で退治される悪魔猫というアイルランドの伝承も紹介されていて、性質的には悪魔視もあながち的外れではないのかもしれません。

2 教科書的な記述はJ・R・H・ムアマン『イギリス教会史』(八代崇[ほか訳]、聖公会出版、一九九一)に依拠しつつ、情報の更新としてAnthony Milton [ed.], *The Oxford History of Anglicanism, Vol.1: Reformation and*

Identity, c.1520-1662, Oxford UP, 2017も参照しています。また、聖職者不足の問題については指昭博『イギリス宗教改革の光と影：メアリとエリザベスの時代』(ミネルヴァ書房、二〇一〇)が参考になりました。

3　引用は、小嶋潤『イギリス教会史』(刀水書房、一九八八)の七五頁。

4　その後のカトリック信仰と黒魔術イメージの結びつきについて、詳しくはG・サルガードー『エリザベス朝の裏社会』(松村赳[訳]、刀水書房、一九八五)の「第四章　白魔術と黒魔女」を参照のこと。

5　John N. King,「まえがき」註5前掲書および [ed.], *Voices of the English Reformation: A Sourcebook*, U of Pennsylvania P, 2004.

6　ボールドウィンの伝記上の事項については、Scott C. Lucas, "The Birth and Later Career of the Author William Baldwin (d.1563)", *Huntington Library Quarterly*, 79: 1 (2016), pp.149-62のほか *A Mirror for Magistrates and the Politics of the English Reformation*, U of Massachusetts P, 2009および[ed.], *A Mirror for Magistrates: A Modernized and Annotated Edition*, Cambridge UP, 2019を主な典拠として、本翻訳の底本と先行する John N. King, "Baldwin, William", *Oxford Dictionary of National Biography*, vol.3, Oxford UP, 2004, pp.479-80も参照しました。

7　『為政者の鑑』には冒頭六篇の詩に邦訳があり、ウィリアム・ボールドウィン『為政者の鑑　其一』(山岸政行[訳]、あぽろん社、二〇〇〇)として刊行されています。

8　『怠惰の形象と称する小論』の表記上の著者は、オリヴァ・オルドウォントンなる匿名の人物なのですが、その真の書き手はボールドウィンとも推定されています。詳しくは、Michael Flachmann, "The First English Epistolary Novel: The Image of Idleness (1555). Text, Introduction, and Notes", *Studies in Philology*, 87: 1 (Winter 1990), pp.1-74およびR. W. Maslen, "William Baldwin and the Politics of Pseudo-Philosophy in Tudor Prose Fiction", *Studies in Philology*, 97: 1 (Winter 2000), pp.29-60.

9　『ユートピア』含め、今作における模倣ジャンルの混交性についていち早く指摘している優れた論文が、

10 Nancy A. Gutierrez, "Beware the Cat: Mimesis in a Skin of Oratory", *Style*, 23: 1 (Spring 1989), pp.49-69.
『ユートピア』のほか、当時の地理書や医術手引きといった人文書との近似性も論じているのが、Thomas Batteridge, "William Baldwin's Beware the Cat and Other Foolish Writing", *The Oxford Handbook of English Prose 1500-1640* (Andrew Hadfield [ed.]), Oxford UP, 2013, pp.139-55.

11 このキャクストン版の邦訳は、ウィリアム・キャクストン『狐物語：中世イングランド動物ばなし』(木村建夫[訳]、南雲堂、二〇〇一)で、たいへん詳しい解説もついています。

12 裁判における女性の語りと、英語という口語で多くの声が平等にまとめられている点の重要性を指摘しているのが、Clare R. Kinney, "Clamorous Voices, Incontinent Fictions: Orality, Oratory, and Gender in William Baldwin's Beware the Cat", *Oral Traditions and Gender in Early Modern Literary Texts* (Mary Ellen Lamb and Karen Bamford [eds.]), Routledge, 2008, pp.195-207.

13 『猫にご用心』が一種の疑似翻訳として虚実の境で成立している点を論じるのが、Robert (R. W.) Maslen の"'The Cat Got Your Tongue': Pseudo-Translation, Conversion, and Control in William Baldwin's Beware the Cat", *Translation and Literature*, 8: 1 (1999), pp.3-27および"William Baldwin and the Tudor Imagination", *The Oxford Handbook of Tudor Literature 1485-1603* (Mike Pincombe and Cathy Shrank [eds.]), Oxford UP, 2009, pp.291-306.

14 松本舞&吉中孝志『英詩に迷い込んだ猫たち：猫性と文学』(小鳥遊書房、二〇二二)およびジュディス・ロビンソン&スコット・パック『名作には猫がいる』(駒木令[訳]、原書房、二〇二二)。

4

今作が重要視されているもうひとつの要素として、第一部と第三部で言及される妖猫（ようみょう）グリマルキンの存在も外すことはできません。ところが、『猫にご用心』に登場するグリマルキンについて現在で話が及ぶときには、やや本書の描写と異なる説明がなされることも少なくありません。たとえば、魔女の使い魔であるグリマルキンが今作で初登場するとか、魔女の変身する化け猫グリマルキンは今作が出典であるとか。もちろん翻訳本文をお読みになったかたはおわかりの通り、このお話で出てくるグリマルキンはそういう存在ではありません。確かに魔女の変化したものではないかと疑われこそすれ、実際には固有の理性と言語能力を有したケット・シーとしての妖猫グリマルキンが登場するのであり、魔女を守り神とする猫の国の恐ろしい女王グリモロクィンが物語上の正しい姿です（後継者に〈キャモロク〉と名づけていることからも、作品冒頭に言及がある悪霊〈モロキトゥス〉とその元ネタである残酷な古代神、そしてそのヘブル語原義としての〈王（メレク）〉が意識されていることもわかります）。

　どこからそうした誤解が生じたかというと、ひとつの原因は英国随一の劇作家ウィリアム・シェイクスピア（一五六四－一六一六）の『マクベス』でしょう。その有名な冒頭部では三人の魔女が登場し、次のようなやりとりがあります。

第一の妖女　いつごろ今度はまた出逢おう。
かみなり、いなずま、雨の中。

第二の妖女　どさくさごっこが片づいて、
いくさの勝負のついた時。

第三の妖女　日の入前にもなるだろう。

第一の妖女　出逢の場所は。

第二の妖女　　　茂みの野。

第三の妖女　あそこで逢おうよ、マクベスに。

第一の妖女　今行くよ、グレイマルキン。

第二の妖女　蟾蜍も呼んでる。

第三の妖女　あいよ。——

三人の妖女　きれいはきたない。きたないはきれい。
雲霧わけて、飛んで行こう。[1]

この『マクベス』では、名前がやや変化した〈グレイマルキン〉という猫が魔女（妖女）の使い魔として呼びかけられています。出てくるのはこの一場面のみなのですが、印象的なところでもあるので、多くの人の記憶とイメージの源泉になったのでしょう。

さらに興味深いのは、この部分はシェイクスピア本人ではなく、別人が書き加えたという説があることです。シェイクスピアが典拠資料とした歴史書では、マクベスと会うのはどちらかというと古代ギリシア＝ローマの運命の三女神を思わせる三人の貴婦人なので、彼女たちを魔女に書き換えた人物が別におり、その過程で魔女を示すわかりやすい小道具として〈グレイマルキン〉が追加されたというのです。その張本人と目される作家の名はトマス・ミドルトン（一五八〇－一六二七）、シェイクスピアよりもひと世代下で、彼よりも少し長生きした男です。[2]

本書訳者・解説者自身の研究では詳しい考証の結果、ミドルトンはシェイクスピア死後の上演で脚本に大幅加筆するにあたり、当時の英国で話題になっていた〈ビーヴァーの魔女〉を断罪する魔女裁判とそこに関係する（使い魔と考えられた）猫〈ラッターキン〉を時事的な要素として示唆しつつ、先行する自身の演劇『魔女』でうまく当てた〈マルキン〉という使い魔の猫の役割と効果を踏まえながら、すでに名の知れていた『猫にご用心』の妖猫〈グリマルキン〉の名をパロディとして少しもじって借用した――そうして生まれたのが、この猫〈グレイマルキン〉なのではないか、と推測しています。[3]

しかしその後の影響も見ていくと、英国ではこの〈使い魔グレイマルキン〉よりもやはり猫王あるいは妖猫〈グリマルキン〉としての言及が一般的で、とりわけ中世の『狐物語』

でよく知られる猫の代表的名称ティバート（ティベルト）と並び称されたりもしています。[4] あるいはオックスフォード英語辞書の近世〜近代の用例では、あくまで老いた牝猫や凶暴な猫のイメージとともに出現していて、使い魔の猫は『マクベス』以外にありません。[5]

こうした英語の語感とかけ離れた〈使い魔グリマルキン〉が偏って日本に伝わっている点を考えるにあたっては、実は『マクベス』以外にも元凶と思われるものがもうひとつ見つかります。それが数々の悪魔・怪物の伝承を面白おかしく誤伝させたことで（その悪評も幻想的革新性も）名高い一九世紀のフランス人作家コラン・ド＝プランシーの手になる『地獄の辞典』です。彼は猫の項目で「猫が魔女のお伴をしてサバトに参加することは、よく知られている。魔女たち自身も、師と仰ぐ悪魔同様に好んで猫に化ける」とした上で、なんとグリマルキンも立項して「猫に化けてサバトに現われる魔神を、英国の魔女たちはグリマルキンと呼ぶ」と述べています。[6] むろんその論拠は解説者自身見つけられていませんし、これがたとえ『マクベス』への言及だったとしても（その場合ある意味では創作を現実扱いしているわけですが）、グリマルキンとグレイマルキンが取り違えられているばかりか、魔女の秘密の宴に参加する設定まで勝手に付け加えられています。

『地獄の辞典』は作者個人の妄想にも近い追加設定が愉快なところでもあるものの、その影響力が厄介なところもあり、かくしてもともと英国になかった融合的イメージがフランス生まれで拡散されていくことになります。そして極めつけは、二〇世紀に入ってからこの〈使い魔グリマルキン〉を英国が逆輸入したことです。イギリス映画『悪魔の呪い／悪魔の夜』（一九五七年）では、悪役の悪魔崇拝者カースウェルの屋敷に忍び込んだ主人公が、手掛かりになりそうなものを見つけたあと、番犬ならぬ番猫（ばんみょう）に襲われます。そこへ待ち構えていたのかカースウェルが現れ、死にそうな顔の主人公とこのようなやりとりをします。

カースウェル　心配ない。部屋を守るために置いてあるほんの小さな魔物だよ。君が出くわしたのは現実ならぬ幻というわけだ。

主　人　公　小物は小物だろうが、爪と歯があったぞ。［裂けた服の袖を見せる］

カースウェル　ふん、爪と歯ねえ。［椅子に座って猫を撫（な）でながら］人を噛んだのか？おう、いけないねえ。番猫（ばんみょう）として飼ってるんじゃないんだから。彼に全部見せるつもりで本を置いたんだよ。彼の名前はグリマルキン。中世でイギリスの猫につけられた大変おしゃれな名前だ。猫が魔女術で用いられていたんだよ。[7]

ここではついに牝猫でもなくなったグリマルキンが使い魔として画面上で暴れまわるわけで、この映画は公開当時の興行はふるいませんでしたが、のちホラー好きのあいだで一種のカルト映画となったため、やはり現在のイメージ形成に一役買ったことでしょう。

いち早く日本にこの妖猫を紹介しているのはかの妖怪漫画家・水木しげるで、その『妖怪《世界編》入門』（一九七八年）には化け猫の絵とともにこうあります。

> **グルマルキン**
> ととのった牝猫は、魔女のたすけをするといって、昔から恐れられている。
> また、魔女は、猫に姿を変えることができるといわれる。
> 魔女が猫に化けるたびに猫の尾はふえるが、九本になるともう魔女は猫に化けられない。
> すなわち、魔女は九回までは猫に化けられるといわれる。[8]

名前がちょっとばかり変化して独自のものとなっているので、新たな解釈を付け加えても大元の〈グリマルキン〉とも区別ができ、結果として巧みな整理になっていると言えるでしょう（どこまで意図されたものなのかはわかりませんが）。それでいて『猫にご用心』にもあった〈猫の姿には九度なれる〉点も拾っているのは、さすがの一言です。

ともあれ、ある古い作品の登場人物のあいだでまことしやかに語られた複数の作り話が、時代を経て尾ひれがついたりほかの記述と混同されたりして、結果として出来上がったイメージがまるで最初からあったかのように転倒して言われることは（〈1〉でも述べましたが）、伝承の常でありましょうか。

［註］

1 引用した日本語訳は、野上豊一郎［訳］『マクベス』（岩波文庫［改版］、一九五八）、九―一〇頁。校訂テキストとしては、個人的にはSandra Clark and Pamela Mason [eds.], *Macbeth: The Arden Shakespeare Third Series*, Bloomsbury, 2015を参照しています。

2 ミドルトン作品の最新校訂版のひとつであるGary Taylor and John Lavagnino [eds.], *Thomas Middleton: The Collected Works*, Clarendon, 2007では、筆頭編者自身が精細な本本批判に基づいてミドルトンによる『マクベス』の追記改変箇所を推定しています。

3 訳者自身の研究発表は、大久保友博「妖猫Graymalkin/Grimalkinの事情――*Macbeth*および*Beware the Cat*の周辺から」十七世紀英文学会関西支部第二三五回例会、二〇二四年三月二三日。のち、この予備的分析から発展させた英語論文を近刊Sandra Clark and W. Reginald Rampone, Jr.［eds.］, *Global Macbeth*, Palgrave Macmillan, 2025にて公表予定。

4 たとえば、一七世紀後半のジョン・ドライデンの戯曲『夕べの愛』での言及など――H. T. Swedenberg, Jr. et al.［eds.］, *The Works of John Dryden: Plays*, Vol. 10, U of California P, 1970, p.255.

5 参照元は最新のウェブ版、"Grimalkin, N.", *Oxford English Dictionary*, Oxford UP, July 2023.

6 引用は、コラン・ド=プランシー『地獄の辞典』（床鍋剛彦［訳］、講談社+α文庫、一九九七）、三三および一七六頁。

7 当該映画の一時間五分ごろ、原題は*Night of the Demon* (aka. *Curse of the Demon*), 1957.

8 引用は、復刊版の水木しげる『世界の妖怪大百科』（小学館、二〇〇五）、一二頁。

5

さて本書では、連載時にはなかった〈猫の王様〉にまつわるボーナストラックも収録されているわけですが、最後に〈1〉ではご紹介していない二篇の物語にも触れておきましょう。

物語篇の一つ目として取り上げたのは、アメリカの作家アビー・モートン・ディアズ（一八二一―一九〇四）による『猫のアラビア夜話：グリマルカン王』です。[1] こんにち、ディアズは社会改革家として知られ、とりわけ女性の教育・健康と労働環境の改善を目指して活動した点が評価されています。一方で、シングルマザーであったディアズは児童文学の執筆でも稼ぎを得ており、その作品は一〇冊を超え、なかでもウィリアム・ヘンリーを主人公とする連作は二〇世紀に入ってからもよく読まれました。[2] そうした数ある彼女の作品のなかで、猫の創作童話をたくさん取り扱ったのが前述の作品です。形式は題名の通り、いわゆるアラビアンナイト、『千夜一夜物語』の構造を借りています。大元の作品では、毎晩共寝をした女の首をはねる暴君のもとに、勇気あるシェヘラザードが赴き、夜ごと面白い物語をしては、王に続きが気になるよう仕向け、そして千夜生き延びてとうとう暴君を改心させるという様式になっています。[3] 今作では、グリマルキンの名を彷彿とさせるグリマルカンを暴君として、そこへ聡明な美猫（びみょう）プッシャニータが現れ、やはり同じように物語をして生き延び、王の考えを改めさせることになります。

むろん、子ども向けなのでその圧政や改心の内容など細部は異なっていて、お話も（当時の流行でもあるのですが）ナンセンス多めの小話がテンポ良く積み重なっていくのが興味深いところ。とはいえ今回は紙幅の都合上、その物語部分は割愛して、王様と美猫の対話部分だけを訳出しています（あしからず）。とはいえ〈猫の王様〉の文化史を考えてみたとき、本来は牝猫であったグリマルキンが牡猫グリマルカンになっている点は、この話の特筆すべき特徴となりましょう。『猫にご用心』で提示された残虐な王としてのイメージは保ちつつも、性別が変えられており、もしかすると名前がほんの少し違っているのもこの改変を踏まえてのことかもしれません。

そしてもう一つの収録作が、モード・D・ハヴィランド（一八八九－一九四二）の「猫王グリマルキン伝より」となります。[4] こちらは元々『モフモフ民の伝記集』という作品があり、このなかでは〈モフモフ民〉、すなわち毛の生えた動物たちの住む〈ノックデーンの森〉を舞台として、猫のほかにも狐・兎・穴熊がそれぞれ各部の主人公として活躍しています。構成としては、こうした各動物の伝記の体裁を採りながら、森をめぐるさまざまな出来事や動物間の力関係などが描かれています。また、各話のあいだでは登場人物もオーヴァラップするところがあり、とりわけ（狩りの際に獲物が逃げ込まないよう獣穴をあらかじめ塞いでおくのが仕事の）穴埋め師パディは全作に出てきて、人間としてストーリーに関わってきます。

一読するとすぐにわかりますが、今作に登場するグリマルキンも、暴君グリマルカンと同様、牡の猫になっています。前節で触れた映画でも、もはやグリマルキンは牝でなくなっていましたが、こうして近代にはだんだんと牝猫としてのイメージが小さくなっていったのでしょう。それでいて、今作もやはり力強く残虐な造形は保持されています。厨房から抜け出したこの猫王は、森へと入ったあとは自らの野生性を目覚めさせて、ほかの動物と文字通りの死闘を繰り広げます。特にこのアニマル・ファイトの描写が今作の見所でもあり、正直なところ文章としては必ずしも達筆とはいえませんが、そのどこかヘタウマな書きぶりにはテーマと相まってどこか野性味が感じられます（訳文でもなるべくそのヘタウマなところを生かしました）。作者は元から野生動物好きで、博物学的な探検もよくしたそうですので、自然ドキュメンタリに近い娯楽性が生まれているのだと思われます。

個人的には、今作の終章における猫同士の争いは、アイルランドに伝わるという「キルケニーの猫」という詩（あるいはナーサリーライム）を思い起こさせます。

むかしキルケニーに二匹の猫あり
これでは一匹多すぎると互いに思い
そこで二匹は争い戦い

それぞれひっかきかみつき
その果てにとうとう爪の先
と尻尾の先だけが残り
二匹の存在どころか何もなし[5]

激闘したあげく、猫同士が互いの体を食べ合って、二匹ともどもいなくなり、あとにはほとんど何も残らなかった、というナンセンスなお話です。もちろん本作ではそのような事態にはならないわけですが、かつてはこの詩の初出も本書『猫にご用心』ではないかと言われたこともあったようで、それは本書が稀覯書であるがゆえに実見できた人が少なかったからこそ起こった誤解でした。[6] むろん別の文化史がある別の猫の伝承なのですが、同じ猫というくくりであれば次第にイメージが混ぜ合わさったりしていくもので、たとえば「キルケニーの猫」の一翻案テクストに一般名詞としての〝grimalkin〟(凶暴な猫)でも混入しようものなら、たちまち表象は重ね合わされるのです。

遡って過去のテクストを読むことは、こうした織り重ねられた表現をひとつひとつほどいていくことでもあります。この翻訳が、そうしてほどいた糸をつぶさに見ていくお役に立てたのなら、何より幸いです。

［註］

1 翻訳底本は、Abby Morton Diaz, *The Cats' Arabian Nights: or King Grimalkum*, Lothrop, 1881.

2 伝記的事項は、Lucy M. Freibert, "DIAZ, Abby Morton", *American National Biography*, vol.6, Oxford UP, 1999, pp.542-543を参照。

3 千夜とはいうものの、実際に千話収録されているわけではなく、また原典にそのような結末があったかは定かではありません。現在信頼のおける校訂本文のひとつマフディー版の英訳者フサイン・ハダウィは、本文に従って結末を置かず、そののち三人の子ができて信頼と愛を寄せるようになったシェヘラザードを助命して妃とした、という伝統的解釈を伝える短い訳者あとがきを添えるのみです。詳しくは、Husain Haddawy [tr.], *The Arabian Nights: Based on the Text of the Fourteenth-Century Syrian Manuscript Edited by Muhsin Mahdi*, Norton, 1990.

4 翻訳底本は、M. D. Haviland, *Lives of the Fur Folk*, Longmans, 1910で、動物画家エドマンド・カルドウェル（一八五二－一九三〇）の挿絵も転載しました。

5 出典は、Helen M. Winslow, *Concerning Cats: My Own and Some Others*, Lothrop, 1900, pp.169-170で、実際に"graymalkin"の混入した「キルケニーの猫」もその同じ頁にあります。また一般的な綴りにされたものは、William S. and Ceil Baring-Gould [eds.], *The Annotated Mother Goose: Nursery Rhymes Old and New*, Bramhall House, 1962の八三五番に収録されています（三二五頁）。

6 このまことしやかな説は、稀覯本『猫にご用心』の存在を伝える記事であるHerbert F. Hore, "Notice of a Rare Book, Entitled, 'Beware the Cat'", *The Journal of the Kilkenny and South-East of Ireland Archaeological Society*, 2:2 (1859), pp. 310-312の脚注部分に編集者のコメントとして登場しますが、そののちオークションに現れた本書から重要部分の抜粋を伝える記事Robert Malcomson and James Graves, "Notice of a Book Entitled 'Beware the Cat'", *The Journal of the Historical and Archaeological Association of Ireland*, 1:1 (1868), pp. 187-192が出て、あえなく否定されました。

あとがき

本書は、NPC日本印刷株式会社のオウンドメディアとして二〇二二年九月に始まったWEBマガジン『soyogo』[1]にて、開設と同時に始まった連載「知られざる物語：小説の源流をたずねて」と、その内容と連動した翻訳「『知られざる物語』シリーズ1：猫にご用心」を元にしつつ、ウィリアム・ボールドウィン「猫にご用心」の本邦初完訳をメインコンテンツとして連載時以上に原書の再現に努めながら、その解説も増補し、さらに書籍特典として「猫の王様」関連作品をいくつも新訳・初訳で収録した完全版です。そして、この刊行が『soyogo』発の出版レーベル「soyogo books」の第一弾となります。

この『soyogo』の立ち上げについては、担当者自身による備忘録[2]に詳しいのですが、もともと総合印刷会社であったNPC日本印刷が、新型コロナ禍を機に自社オリジナルのコンテンツも作ろうということで、社内に出版・メディア事業部が出来上がったのがきっかけとなっています。その際、従来の取引先に専門団体や学会が多かったことから、そもそもの会社の特色を生かすかたちで〈仕事・学問・研究をたのしむ〉をひとつのキーワードとして、企画が練り上げられていったそうです。

そのなかで、〈翻訳〉もまたひとつの学問・研究であることから、声をかけられた執筆候補者のひとりが本書の翻訳者・編者であるわたしでした。そのきっかけとなったのは、二〇一九年に刊行されて好評を博し、紀伊國屋じんぶん大賞二〇二〇の三位にも輝いた荒木優太〔編〕『在野研究ビギナーズ：勝手にはじめる研究生活』（明石書店）――この本でわたしは「ゼロから始める翻訳術」というインタビューを受け、学びとしての翻訳や芸事としての翻訳をさまざまに語っていたのです。

ご依頼としては、現在パブリックドメイン扱いの作品のなかから、今届けることに意味のあるものを翻訳連載することはできないだろうか、というものでした。学問や研究に刺激を与えるようなかたちで今日あらためてお伝えできる物語――そう考えたときにいちばんに思いついたのが、かねてから関心を持っていた英語で書かれた最初の散文創作であるウィリアム・ボールドウィン「猫にご用心」でした。知る人ぞ知る作品でありながら、いまだ完訳のない幻想物語ならば、専門分野の面白味も示しながら、広い読者に楽しんでもらえると思ったのです。

そこから〈今読んでほしい知られざる海外文学〉というテーマも芽生え、丁寧な解説もほしいということになり、小説というジャンルの黎明期に生まれたさまざまな物語の翻訳と解説をセットでお届けするこのシリーズ「知られざる物語：小説の源流をたずねて」が生まれた次第です（このときに実は第三期までの企画を立てています）。

二〇二二年の年始に最初のご連絡をいただき、春先から翻訳に着手して、半年ほどの準備期間を経て、シリーズ第一期のボールドウィン「猫にご用心」の翻訳・解説の第一回が、『soyogo』の開始時コンテンツとして掲載されることとなりました。できれば隔月か季刊くらいのペースで更新してゆけるとよかったのですが、研究レベルでテクストを厳密に読んだり、またしっかりとした解説を添えたりするとなると、なかなかペースが上がらず、第一回が二〇二二年の九月二十二日に公開されたのち、第二回は同年十二月十九日、完結となる第三回の公開はさらに時間が空いて開始から約一年後の二〇二三年九月十一日となってしまいました。

第一期終了ののち、もちろんすぐさま第二期に入ることもできたでしょうが、ちょうど「soyogo books」での出版にチャレンジしたいという希望もうかがっていましたので、まずはこの「猫にご用心」をもとにした書籍を仕上げてみようということになりました。そこで追加コンテンツをあらためて選定して、新規に翻訳作業に入りました。

そのあいだ、出版参入の前哨戦として少部数の書籍を制作した上で文学フリマに出品してみるという挑戦もされることとなり、わたしからも版権なしで扱える〈知る人ぞ知る〉作品として、青空文庫収録のウォルター・クレインの詩画集『由緒ある英国庭園にて　咲ける花のふしぎな夢』と、以前に訳したまま秘蔵（?）していた映画『素晴らしき哉、人生!』の原作であるフィリップ・ヴァン・ドーレン・スターン「いちばんのおくりもの」も提供しています。[3]

書籍に向けた追加の翻訳は二〇二四年の六月中に完了し、この原稿を書籍化作業の進むなかの八月中旬に書いています。すべての執筆・翻訳が終わるまでおよそ二年半の時間を要したわけですが、こうして無事に走りきることができて、個人的にも安堵しています。

連載の企画・開始から書籍の刊行に至るまで、NPC日本印刷の出版・メディア事業部にいらっしゃる小田尾剛さんには、たいへんお世話になりました。こうして書籍として形になったのも、担当編集である小田尾さんの熱意と努力のたまものです。心から感謝申し上げます。

また連載時には、ぼっと舎の大西寿男さんには実に丁寧な校正とご指摘をいただけて、とても助かりました。ちょうど大西さんへの校正依頼とNHKのTV番組『プロフェッショナル 仕事の流儀』の取材タイミングが重なり、「猫にご用心」の内容を真摯に校正・調査してくださっているシーンも番組内で映りましたが[4]、そのお仕事ぶりは連載を続ける上で励みにもなりました。今回も引き続き新規原稿についてご協力を賜りました。御礼申し上げます。

そして連載「知られざる物語：小説の源流をたずねて」に美麗な装画を飾ってくださった樋上公実子さん、また連載「『知られざる物語』シリーズ1：猫にご用心」に素敵なデザインをあしらってくださった日本印刷の佐藤帆乃佳さんにも、謝意を表したいと思います。この書籍のブックデザインを担当してくださった文京図案室の廣田萌さんも、おしゃれな装丁と煩雑な組版をありがとうございました。さらに本書全体の最終的な仕上げに携わってくださった日本印刷の制作部のみなさんにも深謝いたします。
現今の出版をめぐるきびしい状況のなか、こうして新たな翻訳をみなさんのもとに届けることができ、とても嬉しく思います。四七〇余年ぶりに甦った猫の物語をぞんぶんに楽しんでいただければ、訳者としても幸いです。

［註］

1　あらためてURLは、https://soyogobooks.jp/
2　以下の記述は「印刷会社が立ち上げる出版レーベル soyogo books のはなし：第1回　オリジナルコンテンツをつくろう！」に基づく（URLは、https://note.com/soyogo4191/n/n359fc42af9ef）
3　文学フリマにおける「soyogo books」参加の詳細な報告については、こちらから：https://soyogobooks.jp/essays-and-more/bunfuri/
4　NHK『プロフェッショナル 仕事の流儀』「縁の下の幸福論 〜校正者・大西寿男〜」（二〇二三年一月二三日初回放送）

ウィリアム・ボールドウィン

一五二六頃―一五六三

作家・編集者・説教者。若いころはロンドンで印刷工をつとめながら、出版用の原稿も執筆し、翻訳も行った。英文学史上では、シェイクスピアの種本にもなった『為政者の鑑』（一五五九）の編著者として知られ、今作『猫にご用心』にも登場するフェラーズ氏と共同でその本の編集作業を行っている。エリザベス女王の戴冠後は出版の仕事をやめ、聖職者となって説教活動に励んだという。一五六三年のペスト大流行に際して死没。

ウィリアム・クーム

一七四二―一八二三

諷刺作家・編集者。イギリス一八世紀に大勢いたいわゆる三文文士のひとりで、偽作執筆や筆禍も多く、幾度となく獄中生活を送っている（そのあいだ債務者監獄から許可が出た日に『タイムズ』へ出社して記事を書いたりもしていた）。一連の諷刺画に寄せた詩にちなんで〈シンタックス博士〉とも呼ばれる。

ジョン・ダンロップ

一七五五―一八二〇

スコットランドの名士。商人から身を立てて、のち徴税官や行政長官を歴任し、最終的には大都市グラスゴーの市長となった。唱歌を得意とし、自身でも詩や歌を作る陽気な人物であったという。その歌「ゆく年へ乾杯」は年末年始のスコットランド唱歌として今も愛好されている。

マリオン・フローレンス・ランシング

一八八三―一九六六

作家・歴史家。ハーバード大学の別館となる女子大学として創設された名門ラドクリフ・カレッジの出身で、修士号を得たのち、長年にわたってケンブリッジ歴史協会の一員として欧米の尚古を探求した。

アビー・モートン・ディアズ

一八二二－一九〇四

作家・教師。シングルマザーとして教師業のかたわら家政婦や女工としても働くうち、女性権利運動の必要性を感じて、ボストンで女性教育と女性労働者のためのユニオンを創設している。作家業でも健筆をふるい、児童文学や家庭生活・信仰生活などについての著作がある。

モード・D・ハヴィランド

一八八九－一九四一

作家・博物学者・探検家。幼いころから野鳥や野生動物・昆虫を愛好する人物で、若くして人類学者の探検旅行に同行したのち、博物学的な随筆や小説で人気を博した。のちケンブリッジ大学であらためて動物学を学び、昆虫と鳥類の専門家となって諸国をめぐった。

翻訳者紹介

大久保ゆう　おおくぼゆう

一九八二年生まれ。翻訳家。研究者〈大久保友博〉としての専攻は翻訳論・翻訳文化史、現在は一橋大学言語社会研究科講師、博士（人間・環境学）。一六歳から青空文庫に翻訳作品を発表、大学院在学中からフリーランス翻訳家としても活躍。文芸・大衆文化・美術関連の翻訳や著作権についての批評も手がける。訳書に、スコット・L・モンゴメリ『翻訳のダイナミズム――時代と文化を貫く知の運動』、アーシュラ・K・ル＝グウィン『文体の舵をとれ　ル＝グウィンの小説教室』等多数。

猫にご用心

知られざる猫文学の世界

2025年3月28日　第1刷発行

著者

ウィリアム・ボールドウィン 他

訳者・編者

大久保ゆう

校正

大西寿男

デザイン

廣田萌（文京図案室）

発行人

熊谷聖一

発行所

日本印刷株式会社 出版・メディア事業部

soyogo books

〒170-0013

東京都豊島区東池袋4-41-24 東池袋センタービル

電話03-5911-8668

印刷

日本印刷株式会社

製本

株式会社渋谷文泉閣

Printed in Japan

ISBN978-4-910681-00-9